KLAUS ZEH
BROKER

Worüber sprechen zwei Männer, die unterschiedlicher nicht sein könnten, während einer zufälligen Begegnung in einer Hotelbar im 18. Stock eines Wolkenkratzers?

Eine Begegnung, die ein schockierendes Geheimnis enthüllt.

Jazzklänge eines Pianisten begleiten die durchredete Nacht, an deren Ende etwas Unvorhergesehenes geschieht.

Klaus Zeh, Jahrgang 1965, ist Schriftsteller, Musiker und Liedermacher. Er lebt in Reutlingen.

Der Autor hat sich schon seit Beginn seiner schriftstellerischen Tätigkeit gegen die Veröffentlichung im herkömmlichen Verlagswesen entschieden. Ihm ist es ein großes Anliegen, seine künstlerische Unabhängigkeit sowie die Rechte an seinen Werken zu behalten.

Alle Werke von Klaus Zeh sind auf der letzten Buchseite verzeichnet.

Klaus Zeh

Broker

Roman

Bibliographische Information der Deutschen Nationalbibliothek:
Die Deutsche Nationalbibliothek verzeichnet diese Publikation in der Deutschen Natio-
nalbibliographie; detaillierte bibliographische Daten sind im Internet über
http://dnb.d-nb.de abrufbar.
Herstellung und Verlag: BoD – Books on Demand, Norderstedt
Layout und Umschlaggestaltung: Adeline
Alle Rechte vorbehalten
ISBN: 9783752861259

Liebe Leserinnen und Leser,

wie Sie sicherlich bemerken werden, kommt dieses Buch ohne Seitenzahlen aus. Dies ist weder ein Versehen noch ein Gestaltungsfehler.
Wie das Tragen von Uhren am Handgelenk hindern Seitenzahlen in einem Buch den Fluss der Geschichte – takten ihn unangenehm, ja sogar manchmal störend.

Wir hoffen,
Sie können sich darauf einlassen ...

Denen,
die es erlebten

EINS

„Du musst lieben, um spielen zu können."
Louis Armstrong

Take Five

Die Hotelbar, im Halbdunkel.
Die Schritte weich, vom Teppich abgefedert.
Polstergeruch empfängt ihn. Ledernes Fluidum.
Vermischt mit dem kalten Rauch der Zigaretten,
die hier geraucht werden dürfen.
Scharlachrote Cocktail-Sessel.
Ausschweifende Sofas an den Wänden.
Den halben Tag schon freut er sich auf seinen
abendlichen Highland Single Malt Scotch.
Jetzt will er ihn genießen. Ungestört.
Das Abendritual. Die Belohnung.
Die Besinnung.

Nach all den Gesprächen in den Konferenzräu-
men, all dem Reden, der vielen Worte, den Zah-
len.
Die eifrigen, ehrgeizigen Gesichter.
All das Werben, Informieren, Gewinnen wollen.
All das Schleimen.
Man kann es oft nur mit einem Scotch ertragen.
Oder auch mit Zweien.
Das weiß er von sich.

An der Bar sind sämtliche Hocker noch unbe-
setzt.

So hat er es sich gewünscht. So war es bis jetzt jeden Abend.

Auch an den Tischen sitzen noch keine Gäste.

Das ist gut so.

Bis jetzt nur das sanfte Klirren von Gläsern und Flaschen, vom Barkeeper erzeugt.

Das ist wirklich gut so.

Seit drei Abenden steuert er sofort nach den Sitzungen in die Bar.

Sitzt, trinkt schweigend.

Von Zeit zu Zeit betrachtet er die Schwarz-Weiß-Fotografien der Jazz-Musiker an den auberginefarbenen Wänden und fragt sich, welche Art Leben sie wohl geführt haben.

Das alles seien Jazzgrößen aus den 30er, 40er, 50er und 60er Jahren, hatte ihm der Barkeeper am ersten Abend erklärt.

Er hatte kurz die Augenbrauen angehoben.

Er setzt sich an seinen Lieblingsplatz, ganz ans Ende der Bar und grüßt den Barkeeper, der ihm bei seinem Eintreten den Rücken zugewandt hatte.

Das Gleiche wie immer?, fragt der Mann hinter der Theke mit unbeweglicher, aber nicht unfreundlicher Miene.

Er nickt und löst die Krawatte ein wenig.

Verdammt, denkt er, welcher Vollidiot hatte sich nur dieses unförmige, ungemütliche, völlig unnütze Kleidungsstück ausgedacht – eine Krawatte. Und zu welchem Symbol hatte sie sich entwickelt.

Er knöpft den Kragen auf.

Endlich!, denkt er grimmig.

Die Krawatte hindert ihn daran, wenn er wütend ist, einfach loszubrüllen.

Das hat er schon oft bemerkt.

Nach Losbrüllen ist ihm oft genug zumute.

Nach Schreien. Nach Toben. Danach, etwas oder jemanden zu schlagen.

Danach, alle Schleusen zu öffnen, alles herauszubrüllen.

Unsagbar laut und gewaltig.

Wie ein Eisenring legt sich der zugeknöpfte Hemdkragen um seinen Hals.

Ein Sträflings-Kragen.

Galeerensträfling, flüstert er grimmig vor sich hin.

Die Krawatte schnürt ihm immer wieder die Luft ab.

Mit dem Zeigefinger hinter den Hemdkragen zu fahren, sich Luft zu verschaffen, bringt meistens nur für einen kurzen Moment Linderung.

Der lächelnde Barkeeper stellt behutsam den Whiskey vor ihn auf die Theke.

Das Getränk reflektiert die Deckenlichter.

Einige Sekunden lang beobachtet er nur die Lichtspiele auf der Oberfläche des Drinks.

Nein, er nimmt noch keinen Schluck. Noch nicht.

Er will bersten vor Ungeduld. Will es kaum noch aushalten können.

So hat er auch Sex am liebsten, nach einer Ewigkeit der Erwartung.

Wenn er welchen hat.

Das ist jedoch schon eine ganze Weile her.

Er weiß nicht einmal mehr, wie lange.

Ihm ist selten danach.

Eine Freundin hatte ihm einmal geraten, es mit Tantra zu versuchen.

Von da an hat er sich nie wieder mit ihr getroffen.

Ist hier noch frei?, fragt eine Stimme mitten in seine Erinnerung hinein.

Erschrocken wendet er sich um.

Natürlich, antwortet er brüsk, ohne den Mann angesehen zu haben.

Sogleich ärgert er sich sichtlich über seine spontane Zusage.

Er will alleine bleiben, seine Ruhe haben.

Der etwas heruntergekommene Typ, der sich gerade nur zwei Barhocker entfernt neben ihn gesetzt hat, kann ihm gestohlen bleiben.

Ich ..., beginnt er.

Entschuldigen Sie, kommt der Fremde ihm lächelnd zuvor, ich sitze ungern alleine, ich hoffe, es stört Sie nicht.

Er zuckt nur mit den Schultern, entgegnet: Ich sitze sehr gerne alleine.

Der Fremde lächelt und fragt verlegen: Ist der Pianist noch gar nicht aufgekreuzt?

Seit drei Abenden sitze ich nun schon hier, einen Pianisten habe ich bisher noch nicht gesehen, antwortet er.

Heute Abend soll hier Live Jazz gespielt werden, erklärt der Fremde, dort hinten am Klavier.

Er schaut sich um, betrachtet im hinteren Bereich das Klavier auf der kleinen Bühne.

Live Musik?, wiederholt er ein wenig abfällig, wenn es sein muss.

Das ist großartig, entgegnet der Fremde lachend, sie werden sehen, nein, hören.

Einer, der über seine eigenen Witze lacht, murmelt er leise vor sich hin.

Der Fremde überhört das Flüstern und bestellt einen Cognac.

Cognac, sagt er, das Gesöff meines Vaters. Er hat es literweise in sich hineingeschüttet. Mit Cola vermischt. Cola Schuss, nannte er das. In den letzten Jahren seines Lebens war es allerdings zunehmend mehr Schuss als Cola. Er grinst kühl und schaut sich den Mann genauer an.

Der Typ ist bestimmt zehn Jahre älter, vielleicht fünfzehn. Schütteres Haar. Ungepflegte Erscheinung. Speckige Jeans, Turnschuhe, einfarbiges Hemd, hellgraue Stoffweste und ein dunkelgraues Jackett darüber.

Wie ist der überhaupt hier hereingekommen?

Draußen, vor der blank geputzten riesigen Fensterfront, ist die Dämmerung nun vollends in Nacht übergegangen.

Wegen der gedämmten Beleuchtung in der Bar sieht man fast ohne störende Spiegelungen auf die Stadt hinunter.

Ein wahres Lichtermeer, in alle Himmelsrichtungen.

Die Skyline mit den Hochhäusern glitzert weit in den Nachthimmel hinaus.

Beeindruckend, all diese Lichter, finden Sie nicht, sagt der Fremde.

So ist das eben in einer Hotelbar im 18. Stock eines Hochhauses.

Der Fremde nimmt einen Schluck aus seinem Cognacglas und schnalzt mit der Zunge. Haben Sie den Auflauf an Fans heute Abend vor dem Hotel bemerkt?

War ja nicht zu übersehen, sagt er, vermutlich irgendein Schlagerstar. Er nippt verächtlich an seinem Glas.

Ein Rap-Musiker, wirft der Fremde belehrend ein.

Er mustert ihn fragend.

Rap, Sie wissen schon, die Musikrichtung, erklärt der Fremde.

Natürlich, was denken Sie denn.

Entschuldigen Sie, tut mir leid, das war keineswegs persönlich gemeint.

Überflüssig, sagt er, schwenkt den Scotch und nippt erneut, alles Plattitüden.

Nicht alles, widerspricht der Fremde.

Natürlich, entgegnet er, Großmäuler. Posaunen ihren Scheiß von Bandenkriegen und Bitches in die Welt, dieser ganze unnötige Ballast von Ehre, Kampf und Bestehen, billigen Huren oder ehrbaren Bräuten, die sie verehren wie ihre Mütter. Und gerade die verehrten Mütter sind es doch, die an den Taten ihrer Söhne leiden. Ehre, Stolz, Eigenliebe und Hass sind die Botschaften dieser Söhne. Rivalisierende Gangs, testosterongesteuerte Proleten und hirnlose Mädchen, deren ganzer Ehrgeiz es ist, die Pussy einer dieser Typen zu sein.
Er nimmt einen Schluck.

Ich denke, es ist die letzte große Bewegung mit der Kraft, viele zu vereinen – musikhistorisch gesehen, betont der Fremde.
Musikhistorisch? Was sind Sie, Musiker?
Nein, ich bin Musikjournalist, allerdings für Jazz.
Na so was, bemerkt er, wie nebenbei. Wen vereinen sie denn, Ihre Rapper, das ganze Junggemüse, das vor lauter Langeweile und Aggression nicht weiß, wohin mit dem Frust. Unfähig, die eigene Perspektivlosigkeit zu töten. Ideenlos. Stattdessen singen sie vom Killen der Feinde. Also, wenn das Ihre letzte musikhistorische Bewegung von Bedeutung sein soll, dann packen Sie schon mal Ihren Koffer, schließt er, höhnisch grinsend.

Ich denke, Sie haben es ein wenig vereinfacht dargestellt, denn ..., beginnt der Fremde.

Vereinfacht, unterbricht er ihn, Quatsch. Eine Bewegung, sagen Sie. Sollten Bewegungen nicht zu etwas Größerem als zu sich selbst führen? Diese Musiker mit ihren Plattenverträgen und dicken Konten sind doch nur die Dukaten-Esel der Plattenbosse.

Der Fremde meint, sich räuspernd: Das Geschäft funktioniert nicht ganz so schwarzweiß wie Sie es darstellen, auch wenn es mitunter ganz schön schäbig ist, und ich denke auch, nicht alle Rap-Musiker passen in Ihre Schablone.

Ach nein?

Nein, entgegnet der Fremde, einige unter ihnen haben durchaus etwas zu sagen, und schielen nicht nur nach dem Geld. In ihren Texten machen sie den jungen Menschen Mut, sich dem Leben zu stellen, sich selbst und den eigenen Ängsten. Die Jugend braucht so etwas. Jugend braucht Vorbilder.

Solche?, fragt er und blickt den Fremden herausfordernd an.

Wenn es keine anderen gibt, sagt dieser achselzuckend, in der Regel werden alle später vernünftig und finden andere Wege ins Leben. Haben Sie das nicht auch.

Bis auf diejenigen, die es tatsächlich ernst nehmen und keine anderen Wege suchen, entgegnet er.

Beide verfallen in Schweigen, taxieren einander.

Am anderen Ende der Theke unterhält sich der Barkeeper angeregt mit einem Mann in schwarzer Hose, schwarzen Schuhen und weißem Hemd.
Der Mann im weißen Hemd unterstreicht seine Worte mit allerhand Gesten.

Das muss der Pianist sein, lächelt der Fremde.
Er deutet mit einem Blick zu dem Mann im weißen Hemd hinüber.
Wie kommen Sie darauf?
Er gestikuliert viel, sagt der Fremde, das ist so ein Pianisten-Ding, Reden mit den Händen.
Aha. Und Sie?, fragt er, was ist bei Ihnen los, gibt es etwa auch ein spezielles Musikjournalisten-Ding?

Allerdings, lacht der Fremde, wir rauchen zu viel. Ein gutes Stichwort im Übrigen, meint er, und fischt aus der Innentasche seines Jacketts eine Schachtel Zigaretten. Angenehm, dass man hier rauchen darf.
Lassen Sie sich nicht dabei stören.
Danke, nett von Ihnen, sagt der Fremde und hält ihm die Schachtel hin.
Ich rauche nicht, wehrt er mit einer Geste ab.
Sehr vernünftig, lächelt der Fremde zustimmend.

Der Typ im weißen Hemd geht an ihnen vorbei Richtung Bühne, grüßt lächelnd mit einem Kopfnicken und setzt sich ans Klavier.

Der Pianist massiert seine Hände, streicht an den Fingern entlang, von einem Finger zum nächsten, ballt sie zur Faust, spreizt sie anschließend wie Sonnenstrahlen, spannt sie, reckt sie, knickt die Finger ein, wiederholt dies einige Male, reibt die Handflächen aneinander, als wäre ihm kalt, und hält beide Hände dann ungefähr fünf Zentimeter über den Tasten, wo sie verharren.

Kurz darauf schließt er die Augen, atmet tief ein und aus, lässt die Hände nun langsam auf die Tasten niedersinken und schlägt mit der linken Hand den Rhythmus an.

Take Five, sagte der Fremde.

Was?

Das Stück, erklärt der Fremde, es heißt *Take Five*. Es ist von Dave Brubeck. Das heißt, eigentlich ist es ja von seinem Saxofonisten, Paul Desmond. Eine Fotografie Desmonds hängt leider nicht hier, was ich sehr bedauerlich finde, aber der Kerl dort hinten über dem Klavier, das ist Dave Brubeck.

Er schaut sich den geschniegelten Pianisten mit Brille eingehend an, den man im Profil, vom tief gelegenen Bühnenrand aus, fotografiert hat.

Desmond spielte in Brubecks Quartett, fährt der Fremde fort, ein außergewöhnlicher Altsaxofonist. Er hat das Stück komponiert, das der Pianist hier gerade spielt. Brubeck war ein hervorragender Improvisator. Er experimentierte mit moderner Klassik und ungewöhnlichen Taktarten. Ein bisschen sperrig das Zeug, aber glänzend. Hören Sie sich das einmal an, er deutet zum Pianisten hinüber, die Begleitfigur, die er spielt, das ist ein 5/4 Takt. Sehr ungewöhnlich.

Er wendet den Blick zum Pianisten und horcht.
Der Fremde steckt sich derweil eine Zigarette in den Mund, lässt sie dort, ohne sie anzuzünden, und redet mit dem Glimmstängel im Mund undeutlich weiter: Brubeck hat es sogar auf die Titelseite des *Time Magazine* geschafft, ich glaube, das war 1954 oder 1955.
Waren das *Ihre* Vorbilder, fragt er dazwischen, Jazzmusiker?
Nein, lacht der Fremde, meines war Elvis Presley. Heute habe ich ein *ganz* anderes, fügt er vielsagend hinzu.

Elvis?, staunt er belustigt. Sie meinen den pomadisierten Mops aus Memphis.
Na ja, zu dieser Zeit war er das noch nicht, meint der Fremde, in meinen jugendlichen Kinderaugen war er ein Rebell. Auch *er* hatte das Charisma, eine ganze Generation Jugendlicher zu befreien.
Warum, weil er mit wackelnden Hüften von Sex gesungen hat?
Ja, das auch.

Billig, sagt er. So weit ich weiß, war ihr Rebell ein Sklave des Geldes und seines Managers.

Oh, Sie wissen Bescheid, staunt der Fremde, so ist es, ja, das habe ich später dann auch herausbekommen.

Das Erwachen seiner Generation muss ernüchternd gewesen sein, als sich ihr Rebellenheld zwei Jahre später brav und konform zum Militär hat einziehen lassen, frotzelt er.

Ich glaube, das hat damals noch keinen gestört, ganz im Gegenteil, entgegnet der Fremde, aber genau das ist es doch, jeder muss eben seinen ganz eigenen Weg ins Leben finden.

Oder neue Vorbilder, wirft er, nach seinem Glas greifend, bedeutungsschwer ein.

Und Sie, fragt der Fremde nach einer Weile, wer waren Ihre Vorbilder?

Ich hatte keine.

Ach, kommen Sie, das gibt es doch gar nicht, sagt der Fremde, da muss es doch jemanden geben.

Mein erstes Vorbild, beginnt er, hat mich schon nach kurzer Zeit der Verehrung windelweich geprügelt – täglich. Die anderen, die kamen, starben entweder an Drogen, an ihrer eigenen Kotze oder ertranken im Vollrausch in ihren Swimmingpools, die sie von dem Geld gekauft hatten, welches sie mit ihren Schallplatten oder Filmen verdienten, die wir verehrten. Man sollte Mensch und Werk trennen, aber so etwas weiß man als Kind oder Jugendlicher eben noch nicht.

Ein interessanter Gedanke, meint der Fremde, Mensch und Werk zu trennen. Im Falle der Kunst etwas außerordentlich Wichtiges, wenn auch in manchen Fällen sicherlich nicht einfach, wenn man mehr über den Künstler weiß ...

Ja, darüber sollte man nachdenken, fällt er dem Fremden ins Wort, wussten Sie eigentlich, dass ihr Rock'n'Roll König und Waffennarr später mit Präsident Nixon befreundet war und sich angetragen hatte, für den Geheimdienst zu arbeiten?

Sie scheinen bestens informiert, staunt der Fremde.

Ein alter Freund war großer Elvis Fan, erklärt er lächelnd, ich wollte wissen, auf wen er sich da eingelassen hat. Letztlich ein Blender – wie die meisten anderen.

Wer?, lächelt der Fremde, Ihr alter Freund oder Elvis?

Beide!, antwortet er grinsend.

Und auch der Fremde kann sich ein Lächeln kaum verkneifen.

Ein kluger Zug bei der ganzen Sache ist jedenfalls, so wenig wie möglich über den Künstler in Erfahrung zu bringen, dessen Kunst man schätzt, andernfalls läuft man eben Gefahr, in manchen Fällen die Bedeutung des bewunderten Kunstwerkes für das eigene Leben zu verlieren, erläutert der Fremde.

Was wäre daran schlimm?

Na, hören Sie mal, manche Menschen retten sich in die Kunst, schöpfen Kraft daraus, Trost, Mut und Freude.

Das alles sollte man nur aus sich selbst schöpfen, entgegnet er.

Der Fremde meint: Das klingt wie ein esoterischer Kalenderspruch.

Nur für Ihr Ohr, nehme ich an. Außerdem haben Sie damit angefangen. Überhaupt, wovon sprechen Sie? Malerei? Bildhauerei? Literatur? Musik? Tanz?

Der Kunst im Allgemeinen, meint der Fremde, auch von der Schauspielerei.

Schauspielerei ist für mich keine Kunstform, sagt er.

Nicht?

Keineswegs.

Aus welchem Grund nicht?

Es ist lediglich eine darstellende Kunstform. Wie auch die Fotografie. Sie erschafft nichts Neues.

Finden Sie? Das sehe ich anders, sagt der Fremde.

Nehmen wir den Schauspieler, beginnt er, er kommt ans Set, im Drehbuch steht, er solle eine Szene spielen, in der es um Wut und Trauer geht, den Text hat er auswendig gelernt. Jeder hat die dargestellten Gefühle schon einmal selbst empfunden, vielleicht sogar die Szene ähnlich selbst schon mal erlebt. Daran ist nichts Neues, erst recht nichts Schöpferisches.

Vielleicht sind die Menschen bewegt davon, sehen sich wahrgenommen, sehen vielleicht sich selbst dargestellt, erklärt der Fremde.

Soll also etwas schon Kunst sein, wenn es mich berührt, wenn ich mich dadurch wahrgenommen fühle, wenn es mich zum Weinen oder Lachen bringt? Also, wenn es Erinnerung an Gefühle produziert oder alte aufwärmt oder neu hervorruft?

Warum nicht?, meint der Fremde.

Wir sprechen von Definition, ereifert er sich, nicht von einer Auslegung. Kunst ist ein schöpferischer Prozess. Wenn etwas, was es vorher nicht gab, geschaffen wird. Sie wollen doch nicht ernsthaft die drittklassigen Schauspieler einer Daily Soap als Künstler bezeichnen, nur weil sie gewissermaßen „aus dem Leben" spielen.

Es ist dennoch ein künstlerischer Beruf, und liegt Kunst nicht immer im Auge des Betrachters?, meint der Fremde.

Blödsinn, antwortet er, Kunst ist ein schöpferischer Prozess. Etwas wird geschaffen. In einem kreativen Prozess. Nicht in einem Darstellenden. Auch wenn es Millionen Fans von Schauspielern anders sehen. Und dann dieser ganze Hollywood Blödsinn. Traumfabrik, Popcorn-Kino, eine einzige riesige Unterhaltungsmaschine.

Ich frage mich manchmal, ob ein systematischer Plan dahinter steckt.

Was meinen Sie?
Der Plan, die Menschen mit grenzenlos seichter Unterhaltung bis an ihr Lebensende dumm zu halten. So werden keine Fragen gestellt und einfachste Bedürfnisse bedient.
Für alles andere ist ja das Internet zuständig, frotzelt der Fremde.

Ein Bonmot?, bemerkt er grinsend. Und was mich ganz und gar zum Kotzen bringt, poltert er weiter, sind die Schauspielerinnen, die zu jeder Premiere und jedem Fotoshooting mit zigtausend Dollar Kleidern auf ihren hochhackigen Schuhen posieren und ihre halbnackten Körper der Welt präsentieren, ihre gelifteten Ärsche, ihre falschen Titten und aufgespritzten Lippen, ihre falschen Wimpern, gefärbten Haare, gestrafften Dekolletés und chirurgisch malträtierten Nasen. Dazu gibt es ebenso falsche Plastiklächeln. Natürlich tragen sie diese Kleider nur ein einziges Mal, alles andere wäre undenkbar. Und natürlich profiliert sich damit irgendein schwerreicher Modedesigner. Und wo soll man schon hin mit dem vielen Geld, man gründet also eine Stiftung, spendet ein zwei Milliönchen, das bringt steuerliche Vorteile, und man hat zugleich das Image aufpoliert und kann nachts vielleicht ein bisschen besser schlafen. Denn man hat ja etwas für die Verbesserung der Welt getan. Zumindest bestätigen einem das die persönlichen Berater, die man mit horrenden Honoraren belohnt.

Das ist doch alles nichts Neues mehr, warum regen Sie sich denn so auf?, meint der Fremde, alles ist eitel.
Wo haben Sie denn diesen Spruch her?, fragt er stirnrunzelnd.
Aus einem Buch, lächelt der Fremde.
Kommen Sie gelegentlich auch selbst auf kluge Sprüche?
Gelegentlich, schmunzelt der Fremde. Und was sagen Sie *dazu:* ein Fotograf, der eine bestimmte Idee hat, etwas ganz bestimmtes ausdrücken und mitteilen möchte, dafür Motive sucht und sie für ein Foto inszeniert und arrangiert, würden Sie das als Kunst bezeichnen?

Nach einigen Momenten des Nachdenkens sagt er zögerlich: Ja, das ist es. Nicht im Sinne von Malerei, aber durchaus schöpferisch, da stimme ich zu.
Der Fremde schaut ihn grüblerisch an und sagt: Ich denke nicht, dass man Kunst derart strikt und abgrenzend beurteilen sollte, Kunst ist ein weites, nicht zu beurteilendes Feld. Die Formen des Ausdrucks sind fließend. Der Ausdruck selbst ist es. Und seine Wirkung auch.
Quatsch, Sie haben die Beispiele doch überall vor Augen, erklärt er, nehmen Sie nur die Dirigenten.

Der Fremde blickt ihn erstaunt und erwartungsvoll an. Die Dirigenten? Was ist mit ihnen?

Humanistische Bildung, betont er, ja, die Dirigenten. Bis zu einem gewissen musikgeschichtlichen Zeitpunkt gab es überhaupt kein Dirigat. Orchester kamen ohne Dirigenten aus. Im 20. Jahrhundert wurden sie dann zu so etwas wie Halbgöttern der Klassik. Man vergaß sogar den Komponisten über der Verehrung und Bewunderung des Dirigenten. Ich denke da an Toscanini, Feuchtwanger, und erst recht an Karajan.

Der Fremde scheint sich schmunzelnd an diese Ära zu erinnern.
Völlig überbewertet, diese Gattung, noch heute, betont er, und eigentlich nicht einmal notwendig. Sie interpretieren nur.
Das sieht der klassische Musikbetrieb aber anders. Und die Orchester auch, widerspricht der Fremde lächelnd.
Ändert nichts daran, dass jedes Orchester auch ohne Dirigent auskäme.
Das ist eben eine musikhistorische Entwicklung.
Starkult, erwidert er, viel Aufhebens und Medienrummel.

Oder die Solisten ..., fährt er unbeirrt fort.
Oh, oh, nicht doch, jetzt begeben Sie sich aber auf ganz dünnes Eis, geht der Fremde auffahrend dazwischen. Ich ahne, was Sie sagen möchten.

Die Solisten, wiederholt er, gefeiert, verehrt, hochbezahlt und gefördert, auch sie interpretieren nur. Der Staat hält sich seine Künstler, die ihn auf gewisse Weise auch repräsentieren. Geistige Elite und so. Man rollt den roten Teppich der Stipendien vor ihnen aus und schiebt ihnen hochdotierte Preise in den Hintern, bezahlt sie auf diese Weise. Sie glauben doch nicht, dass einer dieser Lyriker oder Schriftsteller System - oder Regierungskritik übt. Nehmen Sie doch einmal die Ergüsse dieser hochdotierten Lyriker, er hustet ein kurzes Lachen hervor, diese Leute schreiben doch gar nicht für ein lesendes Publikum, für Menschen wie Sie und mich. Sie schreiben nur für den Literaturbetrieb. Zu dem im Übrigen auch die Literaturkritiker gehören. Kein Mensch braucht diese Gattung. Literaturkritiker sind noch wertloser als Dirigenten. Sie erfüllen nur einen marktschreierischen Zweck. Kunstkritiker sind unnötig wie Krebsgeschwüre. Oder Typhus.

Der Fremde lacht protestierend auf und sagt: Immerhin fördert der Staat Kunst.
Eine Literatur, die nur zu Prestigezwecken dient. Das Zeug ist doch viel zu unverständlich, intellektuell. Abgehobene Sprachakrobatik und Wortklaubereien. Sehr bemüht, unzugänglich, völlig verkopfte Schilderungen abgebrühter Typen, denen man später, um sie brav zu halten, gut bezahlte Professuren für Poetik oder Literatur an irgendeiner Universität anbietet. Hat man

so nicht auch den Dichterrebellen Schiller be-
sänftigt?
Der Fremde will etwas erwidern.

Das ist nicht Lyrik, das ist abgefeimte Sprach-
kunst, erläutert er weiter. Und die Ausführen-
den klassischer Musik üben ohnehin keine Kri-
tik an irgendetwas, was die Pflicht eines Künstlers sein sollte, ansonsten ist er nur ein Unter-
haltungskünstler. Aber man sägt eben nicht an
dem Ast, auf dem man sitzt. Das Werk zählt
heutzutage lange nicht mehr soviel wie die Auf-
führung und Interpretation des Solisten.

Ihre Auffassung von Kunst und Künstlertum
halte ich für falsch, sie scheint zudem eine etwas romantisch-radikale und auch verklärende
zu sein, lächelt der Fremde irritiert, das Bild
vom brotlosen Künstler als das Wahre in der
Kunst zu bemühen, ist nun wirklich nicht mehr
zeitgemäß. Also, einem Horowitz, Brendel, oder
einer Argerich, und wie sie alle heißen mögen,
den Nimbus des Künstlers abzusprechen, das
geht nun wirklich nicht.
Ein Solist, der in seinem Leben keine einzige
Note selbst komponiert hat, ist in meinen Augen
kein Künstler, protestiert er.
Niemals stimme ich Ihnen hier zu, beschwert
sich der Fremde.

Anderer Fall ..., beginnt er, Atem holend, erneut.

Der Fremde scheint keine Lust mehr an diesem Thema zu haben, hat sich schon ein wenig abgewendet.

Eine zweitklassige Cover-Band spielt an den Wochenenden zur Unterhaltung auf Hochzeiten die Songs der Charts nach, erläutert er, nennen Sie das etwa auch Kunst?

Kommt darauf an, sagt der Fremde nach längerem Nachdenken.

Ihnen ist nicht zu helfen!

Ich habe auch noch etwas, beginnt der Fremde, mit seinem plötzlichen Einfall nun doch wieder bei Stimmung.

Er hebt erwartungsvoll die Augenbrauen.

Bei einem Besuch im Louvre in Paris, beginnt der Fremde, saßen vor den weltbekannten Gemälden Kunststudenten, welche die Gemälde kopierten. Viele Bilder sahen den Originalen verwechselnd ähnlich. Ein Laie hätte niemals den Unterschied erkannt. Es war faszinierend.

Ein Kunstkenner vielleicht schon, wirft er ein.

Vielleicht, stimmt der Fremde zu, bestimmt sogar, aber darum geht es gerade nicht, ich wollte von Ihnen wissen, ob Sie diese Malerei für Kunst halten oder nicht?

Er überlegt eine Weile. In meinen Augen ist das keine Kunst, sagt er, nein, das ist perfektes Handwerk. Kopieren. Wenn sie Vorübergehende malen würden, oder das Spiel von Licht und Schatten in den Tuilerien, oder die Begeisterung und Ergriffenheit eines Kindes beim Spielen einfangen könnten, auf eine neue, ganz eigene Art, und wenn sie etwas Bestimmtes, Eigenes aussagen wollten damit, *das* wäre ein künstlerischer Prozess.

Sind Sie denn künstlerisch tätig?, fragt der Fremde unvermittelt.

Nein, antwortet er, ich halte Kunst für überflüssig.

Sie scherzen, lacht der Fremde.

Keineswegs, bestätigt er, ich brauche sie nicht.

Aber Kunst kann sinnstiftend sein, tröstend, Mut machend ...

Das sagten Sie schon, glaube ich, unterbricht er ihn.

Und was ist mit den sogenannten letzten Fragen, räuspert sich der Fremde, Kunst sucht Antworten, zeigt Wege auf.

Ich suche keine Antworten, entgegnet er, und meinen Weg habe ich gefunden.

Und wenn Sie sich irren?

Dann glaube ich kaum, dass mir die Bilder eines Malers, der sich ein Ohr abgeschnitten hat, darüber hinweghelfen.

Sie haben eine – wie soll ich sagen – etwas ungute Sicht auf die Dinge.

Wer sagt das?

Ich, eben gerade, sagt der Fremde, leicht verwirrt und stirnrunzelnd.

Und? Sollte mich das nun umstimmen?

Zu denken geben, vielleicht, erwidert der Fremde zögernd.

Haben Sie in den verbeulten Taschen ihres Jacketts etwa einen kleinen Heiligen Gral?
Ich jedenfalls bin überaus glücklich, dass es Kunstschaffende gibt, sagt der Fremde unbeirrt, schade nur, dass man ihr Wirken und ihre Werke zu Lebzeiten meist nicht genügend würdigte. Und bitte, ja, ich spreche jetzt ganz bewusst nicht von der heutigen Pop-Kultur, die Mitte des letzten Jahrhunderts begann.
Mit Elvis Presley?
Der Fremde lächelt und schweigt zustimmend.

God Bless The Child

Der Fremde zündet sich eine Zigarette an, zieht mit geschlossenen Augen und bläst den Rauch zur Decke.
Gerade verklingt der Schlussakkord.
Der Pianist verbeugt sich leicht in Richtung der beiden an der Bar sitzenden Männer.
Der Fremde bedankt sich mit einer Geste und einem Lächeln, die der Pianist mit einem kaum sichtbaren Kopfnicken entgegennimmt.
Musiker wollen stets gehuldigt werden, sagt der Fremde, mild lächelnd, ihm zugewandt.
Nicht nur sie, entgegnet er.
Aber sie ganz besonders, erklärt der Fremde kennerisch, muss wohl an der Musik liegen, von allen Künsten ist sie doch die mächtigste. Sie trifft den Menschen direkt in die Seele. Musiker sind die wahren Könige dieser Welt.

Dachte, das wären die Dichter, wirft er grinsend ein.
Das sind sie doch schon lange nicht mehr, lacht der Fremde auf, lesen Sie etwa noch Gedichte?
Die letzten in der Schule, Kästner, glaube ich, oder war es Tucholsky – ich weiß es nicht mehr.
Sehen Sie? Das meine ich.
Lesen Sie denn Gedichte?

Der Barkeeper stellt einen Aschenbecher zwischen die beiden Männer und blickt rasch, kaum merkbar, vom einen zum andern, scheint die Antwort abzuwarten, wendet sich jedoch im nächsten Moment wieder ab.

Von der Bühne erklingen die Noten eines neuen Stückes, schleppend, bedächtig, nach Blues klingend.
Der Pianist lächelt einen Moment herüber zu den beiden Männern, schließt dann die Augen und scheint in dem Song zu versinken.
Der Fremde wiegt anerkennend den Kopf. Nicht schlecht, sagt er, gar nicht schlecht.
Er schaut ihn fragend an. Was meinen Sie?
Die Eröffnung des Songs, erklärt der Fremde, großartig. Eine kleine Improvisation. Jetzt ist er im Thema.
Aha, meint er und blickt zur Bühne.

Es war vielleicht ihr bekanntester Song, erklärt der Fremde, *God Bless The Child.* Ich meine Billie Holiday. Ihr Porträt hängt dort hinten, wie ich gesehen habe, links neben der Bühne. Sehen Sie? Die Dame mit der Blume im Haar.
Er neigt sich ein wenig zurück, um die Porträts an der Seitenwand zu betrachten und nickt, als er es entdeckt.

Billie Holiday war die größte Jazzsängerin des 20. Jahrhunderts, würde ich sagen, erklärt der Fremde, ihre Stimme, ihr Timing und Gefühl für

Song-Interpretationen waren unvergleichlich.
Sie wurde als Kind vergewaltigt, ihre Mutter
schickte sie auf den Strich, wo sie zusätzlich
misshandelt wurde. Sie hatte zeitlebens die
falschen Männer, wurde heroinsüchtig. War außerdem Alkoholikerin.
Dann passt dieser Song ja bestens zu ihr, entgegnet er.

Der Fremde forscht angespannt im Gesicht seines Gegenübers, ob diese Bemerkung eben als
Spott gedacht war, lässt aber nach einigen Augenblicken die Schultern sinken und zieht beruhigt an seiner Zigarette, bläst den Rauch aus
dem Mundwinkel und meint: Das kann man
wohl sagen, obwohl ihr Lied *Strange Fruit*
sicherlich die noch größere Bedeutung hatte.
Er schaut den Fremden fragend an und kippt
den restlichen Scotch hinunter.

Eine Handvoll Männer in Anzügen kommen ge-
meinsam zu den Milchglas-Schwingtüren der
Bar herein. Plaudernd.
Palavernd, möchte man fast sagen.
Einer muss gerade einen Witz gerissen haben.
Alle lachen.

Sie beide blicken verärgert Richtung Türe, von
wo der Lärm kommt.
Der Barkeeper fordert sie höflich auf, sich im
Hinblick auf den Pianisten und die anderen Gästen in angemessener Lautstärke zu unterhalten.

Hörbares Murren.

Die fünf Männer setzen sich umständlich und geräuschvoll an einen Tisch in der Nähe der Bühne und lachen weiter.

Teilnehmer meines Wirtschaftsforums, sagt er gereizt, kommen wohl, um fürs Finale in irgendeinem Tanzschuppen vorzuglühen.

Was sind Sie denn von Beruf, fragt der Fremde interessiert.

Broker, sagt er.

Broker? Hat das nicht irgendetwas mit der Börse zu tun?

Das auch, ja.

Der Barkeeper bringt einen Scotch und entschuldigt sich für die Unannehmlichkeiten durch die neuen Gäste.

Ist schon okay, meint der Fremde.

Der Broker nickt schweigend.

Was ist nun mit *Strange Fruit,* fragt er nach einer Weile.

Strange Fruit?, wiederholt der Fremde verwirrt, ach, sind wir bei dem Song stehen geblieben?

Sie sind dort stehen geblieben.

Stimmt, ich erinnere mich, ja, fährt der Fremde fort, Billie Holiday hatte 1939 den Mut, ein Lied über den Rassismus in den USA zu singen. Vielleicht als eine der ersten überhaupt. Vielleicht war sie damit auch wirklich die Erste. Eine ungeheure Tat jedenfalls. Ungeheuer mutig, wie ich finde. Sie selbst hatte erheblich unter dem

Rassismus zu leiden. Der Song handelt von den misshandelten Schwarzen, die man während der Sklaverei zu Tausenden gefoltert und an Bäumen aufgehängt hatte. Ein kolossales Bild – seltsame Früchte an den Bäumen. Billie Holiday wurde übrigens „Lady Day" genannt.

Ein Jammer, dass sich dieses Volk nie erhoben und gewehrt hat, wirft der Broker ein.

Aber das hat es, bestätigt der Fremde.

Ach ja?

Ich sage nur, Martin Luther King, erklärt der Fremde.

Dem Broker entfährt ein bitteres Lachen.

Ich spreche von einer tatsächlichen Veränderung, sagt er ein wenig geringschätzig, nicht von den Predigten Kings und dem friedvollen Marsch auf Washington.

Der Vieles bewirkte, fährt ihm der Fremde ins Wort.

Sie meinen, dieses „I Have A Dream"-Zitat hat Amerika verändert. Oder vielleicht doch eher der Terror der Black Panthers. Oder vielleicht auch nur der Vietnam Krieg? Ach, was sage ich, nicht einmal der.

Vielleicht alles, entgegnet der Fremde, jedes auf seine Weise.

Oder nehmen wir Irland, wirft der Broker ein, scheinbar ohne über das Gesagte seines Gegenübers nachzudenken, 800 Jahre lang befanden sich die Iren unter englischer Herrschaft. Immer wieder erhoben sie sich, wagten Aufstände und

Rebellionen, vergeblich. Bis Michael Collins mit purer, kaltblütiger, genialer Gewalt den Briten das Genick brach. England lenkte ein, gab den größten Teil Irlands in die Unabhängigkeit. Erst dann. Meinen Sie etwa, die Briten wären aus Irland abgezogen, wenn man sie freundlich darum gebeten hätte.

Sie vergessen Daniel O'Connell, sagt der Fremde, sein friedliches, politisches und verfassungsmäßiges Wirken legte überhaupt erst den Grundstein für ein neues Denken in den englischen Köpfen in Sachen Gleichberechtigung der irischen Katholiken. Er veränderte das Denken der katholischen Bevölkerung. Er stärkte ihr Selbstbild.
Der Broker schaut ihn zweifelnd an. Das glaube ich nicht, sagt er schließlich.
Aber Sie können auch nicht das Gegenteil beweisen, meint der Fremde lächelnd.

Wie kommen Sie überhaupt auf Irland?, staunt der Fremde.
Und Sie? Daniel O'Connell – ich bitte Sie.
Ich habe ein Jahr in Dublin studiert, erklärt der Fremde, am Trinity College. War eine wunderbare Zeit, viel Musik, tolle Leute, gutes Bier.
Starkes Bier, lächelt der Broker, aber doch wohl kein Jazz?
Nein, das nicht, wobei ich später Iren kennengelernt habe, die irische Folklore verjazzt haben, schwelgt der Fremde. Folk und Jazz – lassen Sie

mich kurz überlegen – die Gruppe „Pentangle"
hat diese Mischung wohl salonfähig gemacht.

Sie schweifen ab, meint der Broker.
Stimmt, entschuldigen Sie, aber sagen Sie, weshalb kennen Sie sich mit der irischen Geschichte
aus?
Ich würde nicht behaupten, dass ich das tue, ich
finde nur das entscheidende Wirken von Michael Collins interessant, erläutert der Broker. Ich
habe meine Eltern zu einem Engagement nach
Irland begleitet, bevor mein Studium losging.
Später bin ich alleine mit Rucksack nach Belfast
gereist, hab mich einige Zeit dort verkrochen,
hockte in den Pubs, hing mit bestimmten Leuten
ab, besprühte die Stadtmauer, warf ein paar
Steine, bis ich selbst von Wasserwerfern gewissermaßen wieder aus der Stadt geworfen wurde. Na, sagen wir, ich hab das Weite gesucht, ist
'ne Weile her, lächelt er.

Lautes Grölen vom Tisch der Fünf.
Beide Männer schauen hinüber.
Dumme sexistische Witze, kommentiert der
Broker, schon seit heute Mittag, immer wieder.
Vollidioten.
Der Pianist blickt sichtlich genervt vom Klavier
auf.
Einer der Männer ruft dem Barkeeper zu, er sol-
le fünf Schnäpse zu ihnen an den Tisch bringen.
Der Barkeeper gibt vor, nichts gehört zu haben,
räumt gespülte Gläser ins Wandregal.

Kellner!, wird nochmals vom Männertisch herübergerufen, fünf Schnäpse, heute noch!

Missgelaunt füllt der Barkeeper die kleinen Schnapsgläser und trägt sie auf einem Tablett an den Tisch der Fünf.

Die Männer greifen forsch nach den Gläsern, kippen sie in einem Zug hinunter und bestellen gleich noch eine Runde.

Der Barkeeper bittet die Männer noch einmal um Höflichkeit und gemäßigte Lautstärke, kommt zurück und füllt fünf neue Gläser mit Schnaps.

Was ist denn, ruft einer der Männer, wie lange dauert das noch!

Widerwillig trägt er die neue Runde zu den Männern hinüber.

Dasselbe Schauspiel noch einmal.

Beim Zurückkommen blickt er den beiden Männern an der Bar hilfesuchend entgegen.

Was soll man da tun, sagt der Fremde, also ich möchte diesen Job nicht machen.

Der Broker erhebt sich langsam, ohne ein Wort, geht zum Tisch der fünf Männer hinüber, beugt sich zu einem der Männer hinab und flüstert ihm etwas ins Ohr.

Der Mann erschrickt, bleibt wie erstarrt sitzen.

Keine Minute später kommt der Broker zurück an die Bar und setzt sich wieder auf seinen Barhocker. Er nimmt einen Schluck Scotch.

Was war das denn?, fragt ihn der Fremde erstaunt.

Ich habe für Ruhe gesorgt, sagt der Broker und wischt sich über den Mund.

Der Fremde schaut verstohlen zu den fünf Männern hinüber. Sie reden leise miteinander, tuscheln schon beinahe.

Der Mann, in dessen Ohr der Broker geflüstert hat, redet beschwichtigend auf seine Kumpane ein. Der ganze Tisch verstummt beinahe.

Der Pianist nimmt es erstaunt und erleichtert zur Kenntnis.

Er spielt in diesem Moment eine letzte Kadenz und deutet nach dem letzten Ton in Richtung des Billie Holidays Porträts eine sanfte Verbeugung an.

Was haben Sie denn zu ihm gesagt?, fragt der Fremde staunend mit gesenkter Stimme.

Ich habe gesagt, wenn er und seine dämlichen Kumpels sich nicht ab sofort angemessen benehmen, werde ich ihn später auf der Toilette mit einem Tranchiermesser aufschlitzen, was ich sehr gerne tun würde und was absolut kein Verlust für die Welt wäre.

Der Fremde lächelt verwirrt ein verzerrtes Lächeln, schluckt merklich und greift schockiert nach seinem Cognacglas. Seine Miene verfinstert sich. Sie scherzen doch, nicht wahr? Er wendet sich fassungslos um.

Nein!, sagt der Broker.

My Funny Valentine

Sie haben sich eben einen morbiden Scherz erlaubt, ist es nicht so?, fragt der Fremde noch einmal.

Der Broker zwinkert ihm kurz zu.

Aber es wirkt, wie man sieht, sagt er, und deutet zum Tisch der Fünf hinüber, die sich nun in gedämpfter Lautstärke unterhalten.

Warum haben Sie gerade ihn gewählt?, fragt der Fremde.

Er ist der mit der größten Klappe, der Anführer, man muss das Alphamännchen erwischen.

Erstaunlich, prustet der Fremde, wo haben Sie ihren Mut her?

Das ist kein Mut.

Sondern?

Hass, sagt er tonlos.

Für einen Moment ist Stille zwischen den beiden.

Hab mir kurz überlegt, ob ich ihm sage, dass ich ihn sonst aus dem Fenster werfe, bemerkt der Broker lächelnd, aber die Dinger sind ja verriegelt.

Aus dem 18. Stock, du liebes bisschen, entgegnet der Fremde, was für eine Vorstellung, nun hören Sie aber mal auf.

Nicht so abwegig, bin selbst schon mal aus dem Fenster geworfen worden – lange her, schmunzelt der Broker.
Sie scherzen schon wieder?

Keineswegs. Nicht ganz aus dem 18. Stock – es war nur der Erste. Hab mir ein gebrochenes Bein und ein gebrochenes Handgelenk dabei geholt.
Wann und wo war das, um Himmels willen?
Es war aus dem Fenster eines Heimes, ein Mädchen hat mich hinausgeworfen, als ich an ihren Hintern gefasst habe.
Sie waren in einem Heim? Wann?

Der Broker deutet mit einer Geste an, nicht über dieses Thema sprechen zu wollen.
Bei diesem Fenstersturz hätte weitaus Schlimmeres passieren können, bemerkt der Fremde.
Ja, Glück gehabt. Später sind wir dann eine Zeitlang sogar Freunde geworden.
Der Fremde sieht ihn ungläubig an und sagt: Kommen Sie, seien Sie ehrlich, Sie veralbern mich doch bestimmt schon wieder.
Meinen Sie?

In diesem Moment erklingen wieder Klavier-Töne auf der Bühne.
Der Fremde hält inne, lauscht und beginnt zu lächeln. Oh, ich liebe diesen Song, Sie müssten ihn in der Version von Chet Baker hören.
Welchen Song?

My Funny Valentine, erklärt der Fremde, mir gefällt er von ihm gesungen sogar noch besser als die instrumentale Version im Quartett.

Ich kenne weder die eine noch die andere, wirft der Broker ein.

Das ist schade, vielleicht hören Sie sich das Stück einmal an. Im Netz finden Sie bestimmt eine Version davon. Dort finden Sie heutzutage ja alles.

Ich höre da wohl ein wenig Abscheu heraus, oder sind es nur Vorbehalte?

Gegen das Internet, meinen Sie, fährt der Fremde auf, aber ja, halten Sie etwa ein Medium für akzeptabel, das uns mit Falschinformationen, Lügen, Hetze, Beschimpfungen und Hass zum Narren hält und unser individuelles und gesellschaftliches Denken und Fühlen beeinflusst?

Wenn die Menschen so dumm sind, darauf zu vertrauen, höhnt der Broker.

Das ist mir zu einfach, Mr. Broker, wirft der Fremde gereizt ein.

Der Broker wendet sich ihm zu, blickt ihm direkt in die Augen.

Mr. Broker?, wiederholt er. Unterstehen Sie sich, über mich zu schreiben, sofern Sie sich auch als Romanautor betätigen, bemerkt er grinsend.

Wie kommen Sie darauf?, forscht der Fremde, ich habe tatsächlich vor, ein Buch zu schreiben.

Sehen Sie. Versuchen das nicht alle Journalisten irgendwann einmal, etwas Richtiges zu schreiben, meint der Broker.

Der Fremde erhebt seine Stimme: Etwas Richtiges, halten Sie unsere Arbeit für so gering?

Aber nein, sagt er, ich weiß weder wie schwierig Ihre Arbeit ist noch die eines Romanschriftstellers. Ich glaube, das ist so ein Ding aus meiner Jugendzeit. Ein Schriftsteller stand einfach weit höher als ein Journalist, egal welchen Genres, obwohl ich selbst nie einen Artikel oder ein Prosawerk geschrieben habe. Höchstens mal für die Schülerzeitung. Oder gelten auch die Aufsätze im Gymnasium schon als kleine künstlerische Prosawerke? Er lächelt vor sich hin.

Haben nicht Sie selbst vorhin ihre Antwort darauf gegeben. Aufsätze können durchaus schon kleine schriftstellerische Kunstwerke sein, entgegnet der Fremde, Ihre waren es aber sicherlich nicht, sonst hätte es Ihnen wohl ein Lehrer oder eine Lehrerin bescheinigt.

Das ist nicht gesagt, widerspricht der Broker, wie viele schriftstellerische Talente werden denn schon während ihrer Schulzeit entdeckt. Lehrer und Lehrerinnen sind doch selbst meistens völlig talentfrei, wenn sie nicht gerade Kunst unterrichten. Und selbst da würde ich nicht meine Hand ins Feuer legen.

Da könnten Sie Recht haben, stimmt der Fremde zu, Künstlerseelen haben es mitunter sehr schwer an öffentlichen Schulen.

Da wurde so manches begabte außergewöhnliche Kind schon zurechtgestutzt, fährt der Broker fort, „nicht beschulbar" heißt das dann.

Himmel, was für ein Song, schwärmt der Fremde und steckt sich eine neue Zigarette an, hören Sie nur die Melodie, wie romantisch, und wie schlüssig das Motiv fortgeführt wird.

Der Broker fragt ihn neugierig: Warum Jazz, was begeistert Sie daran?

Die „Dirty Notes", lächelt der Fremde, und die Komplexität dieser Musik. Jazz ist eine eigene musikalische Welt. Der Jazz ab 1900 bis in die 70er Jahre hat eine solch enorme und vielschichtige Entwicklung durchlaufen, wie keine andere Musikform des vorigen Jahrhunderts. Jazz ist zur einzigen Kunst-Musik des 20. Jahrhunderts geworden. Würde man die einzelnen Stile der populären Musik mit Ländern auf einer Weltkarte vergleichen, so würde man den Jazz nirgendwo auf dieser Weltkarte finden, weil er eine ganz eigene, vollständige Welt für sich darstellt.

Sie hätten Anwalt werden sollen, scherzt der Broker, oder Versicherungsvertreter.

Der Fremde nimmt lachend einen Zug von seiner Zigarette.

Nein, danke, entgegnet er, ich bin ganz zufrieden mit dem, was ich tue. Aber was hat Sie denn zu ihrem Beruf geführt?
Der Umgang mit Geld, das Abenteuer, das Risiko – vielleicht, beginnt er, ich glaube, ich bin eine Spielernatur, und hierbei kann man ganz gut gewinnen, wenn man es richtig macht. Und hartnäckig und kaltschnäuzig genug ist, fügt er nach einer Pause hinzu.
Was tun Sie denn genau, Broker klingt doch sehr geheimnisvoll?

Mit Geheimnissen hat das gar nichts zu tun, erläutert der Broker, man braucht einen guten Riecher, eine Portion Glück, Menschenkenntnis. Man muss den Finanzmarkt kennen, muss wissen, wie der Hase läuft. Und man braucht Verantwortungsgefühl, weil man mit dem Geld anderer jongliert.

Aber was tun Sie denn nun wirklich?, fragt der Fremde ein wenig ungeduldig.
Ich handle mit Wertpapieren, fungiere als Vermittler zwischen Privatpersonen und Kreditinstitutionen und erhalte für abgeschlossene Verträge eine Provision. Oder aber ich bekomme eine Provision lediglich für Beratungen. Für andere Kunden erstelle ich wiederum Marktanalysen, berate sie, in welchen Fonds sie ihr Geld anlegen könnten. Gewisse Kunden lassen sich das etwas kosten.

Klingt spannend, meint der Fremde, nur ich selbst könnte niemals einen solchen Job machen.

Warum nicht, fragt der Broker in einem Ton, der nicht wirklich nach einer Frage klingt.

Weil ich Geld hasse.

Der Broker blickt ihn verdutzt an. Sind Sie sicher?

Völlig, antwortet der Fremde, es verdirbt unsere Seelen, macht uns gefügig, blind, geizig, egoistisch, abhängig.

Abhängig?, wiederholt der Broker grinsend, die Anhäufung von Geld geschieht doch eben genau dazu, irgendwann unabhängig zu sein.

Das ist ja die Illusion!, wirft der Fremde ein.

Der Broker blickt ihn abschätzig an.

Der geht aufs Haus, betont der Barkeeper und stellt dem Broker ein weiteres Glas Scotch auf die Theke. Für Ihre Hilfe vorhin, fügt er hinzu.

Der Broker bedankt sich, indem er mit dem Zeigefinger an die Stirn tippt.

An einem anderen Ort zu einer anderen Zeit wäre das fast eine Saloon-Szene in einem Western, grinst der Fremde.

Zeitsprünge, sagt der Broker, was hat es denn nun mit diesem Chet Baker auf sich.

Oh, Chet, beginnt der Fremde, sein Porträt hängt übrigens gleich neben dem von Dave Brubeck, hinter dem Pianisten. Er galt als der „James Dean" des Jazz.

Der Broker betrachtet sich das Porträt.

Sein Ton auf der Trompete war rein, klar und ohne Schnörkel, erklärt der Fremde, und doch lyrisch wie kein zweiter. Sein Gesang, den viele gar nicht für Gesang hielten, ist im Jazz unvergleichlich. Er starb 1988 durch einen ominösen Sturz aus einem Hotelfenster. Während seiner Laufbahn saß er wegen Drogenbesitzes im Gefängnis, lebte jahrelang mit seiner Familie von der Wohlfahrt, und kam nicht nur immer wieder mit dem Gesetz in Konflikt, sondern auch mit der Mafia und Geldeintreibern. Sie haben ihm die Zähne ausgeschlagen, so dass er lange Zeit nicht mehr richtig Trompete spielen konnte. Er nimmt einen Zug von seiner Zigarette und sagt, den Qualm aus dem Mundwinkel blasend: Vor allem sein Spätwerk wird deutlich unterschätzt.

Geht es nicht vielen so, nicht nur Künstlern, ergänzt der Broker.

Vor allem Nichtkünstlern, betont der Fremde lächelnd, und erst Recht, wenn wir im Ruhestand sind und Gärten anlegen oder Hecken pflanzen.

Was Sie ja sicherlich nicht tun werden, Sie haben ja Ihr Buch, meint der Broker.

Wenn ich das dann noch für sinnvoll halte.

Worum geht es denn in Ihrem Buch?, fragt der Broker, an einem Salzstängel knabbernd, die der Barkeeper vor wenigen Augenblicken lächelnd zu ihren Gläsern stellte.

Tut mir leid, aber das kann ich nicht sagen, betont der Fremde.

Haben Sie Angst, ich klaue Ihnen Ihre Idee?

Nein, aber es könnte für mich an Bedeutung verlieren, wenn ich jetzt schon darüber spreche. Das Konstrukt könnte auseinanderfallen.

Der Broker runzelt die Stirn.

Also wird es nicht um die Musik gehen?, hakt er nach.

Der Fremde sieht ihn vielsagend an. Nein, antwortet er nach Momenten des Sinnierens.

Aha, erwidert der Broker, ich meine, es kann doch nur auseinanderfallen, wenn Sie es nicht zusammenhalten, oder?

Der Fremde lacht. Sie wollen es wirklich wissen?

Der Broker wiegt lächelnd den Kopf.

Gandhi, sagt der Fremde mit einem scheuen Seitenblick.

Sie wollen tatsächlich eine Gandhi Biografie schreiben?

Keine Biografie – einen historischen Roman.

Der Broker hustet, als habe er sich an den Worten seines Gesprächspartners verschluckt.

Gandhi, du meine Güte, prustet er, eine Nummer kleiner hätte es nicht getan?

Wenn schon denn schon, lacht der Fremde, nein, Spaß beiseite, ich würde sagen, das ist die Erfüllung eines Traumes.

Der Broker sieht ihn eine ganze Weile nachdenklich an.

Gandhi fasziniert mich schon sehr lange, erklärt der Fremde, das heißt, eigentlich weniger seine Person, es ist eher die Idee des gewaltlosen Widerstandes. Gandhi hat etwas schier Unmögliches versucht und hatte damit Erfolg. Sein gewaltloser Widerstand brachte England zum Einlenken.

Etwas vereinfacht dargestellt, oder?

Gut, der Druck auf England wuchs, wurde immens, fügt der Fremde hinzu, die Umstände änderten sich, die politische Situation, die sogenannte Weltöffentlichkeit schaute wohl nach Indien, aber letztlich bewirkte es Gandhi mit seinem gewaltlosen Widerstand.

Deshalb auch Ihr Interesse an Daniel O'Connell?

Ja, bestätigt der Fremde, bei all der kriegerischen Gewalt in dieser Welt ist es doch zunehmend wichtiger, an gerade solche Persönlichkeiten, vor allem aber an solche Ideen, zu erinnern, möchte ich fast sagen. Deshalb möchte ich dieses Buch schreiben.

Ein echtes Unterfangen, und Sie denken, die Welt möchte hören, was Sie zu sagen haben?

Das weiß ich nicht, sagt der Fremde grüblerisch, das ist auch nicht der Punkt. Natürlich möchte ich es schreiben, um gehört, gelesen zu werden, aber nicht in erster Linie. Es geht mir nicht um irgendeine Art Ruhm. Es ist der Beitrag, den ich leisten möchte, die Welt mitzugestalten, die Welt ein klein wenig besser zu machen. Stellen Sie sich vor, mein Buch wird von nur fünfhundert Menschen gelesen ...

Was schon relativ viel ist, bei diesem Thema, fällt der Broker ihm ins Wort.
Wir werden sehen, meint der Fremde missmutig.
Interessiert sich überhaupt noch jemand für Gandhi?
Deshalb möchte ich das Buch schreiben, um auf ihn und seine Idee des gewaltlosen Widerstandes aufmerksam zu machen, erklärt der Fremde mit einer Spur Ungeduld, es ist auch eine Art Hinterlassenschaft, mein gedankliches Vermächtnis.

Sie meinen, etwas dagegen tun, dass wir nicht wie ein Furz von der Erde verschwinden?, fragt der Broker verächtlich.
Eine Spur hinterlassen, bemerkt der Fremde, etwas Sinnvolles – was nicht dasselbe ist.
Wer entscheidet denn, ob etwas sinnvoll ist oder nicht?

Nur Sie selbst natürlich. Und wenn man Glück hat, halten es auch noch ein paar andere, oder sogar viele, für sinnvoll.

Body And Soul

Möchten Sie denn gar keine Spuren hinterlassen?, fragt der Fremde.

Nein, ich glaube nicht, antwortet der Broker, wozu auch, man wird früher oder später doch vergessen und landet im Müllschlucker der Zeit. Oder glauben Sie etwa, Ihre Billie Holiday interessiert heute noch jemanden.
Natürlich, betont der Fremde.
Eine Handvoll Jazzmusiker und Rezensenten vielleicht, spottet der Broker.

Ist das etwa nichts? Diese Menschen wirken wieder auf ihre Weise, erzählen davon, berichten, dass eine afroamerikanische Sängerin vor fast einhundert Jahren den Mut hatte, gegen den Rassismus zu singen, voller Angst vor der Gewalt und des weißen Hasses, den sie auf sich zog. Ich bin beeindruckt und bewegt deshalb und ich werde es weiter erzählen, werde es aufschreiben. Sind Sie etwa nicht beeindruckt davon?

Der Broker antwortet nicht.
Nicht nur das öffentlich sichtbare Wirken einiger Weniger verändert die Welt, wie jetzt viel-

leicht das eines Gandhi oder Nelson Mandelas, fährt der Fremde fort, auch kleine, winzige Spuren, welche die sogenannte Welt nicht sieht, sind ein Abdruck, den jemand wahrnimmt, der bewegt, tröstet oder Mut macht.

Das klingt fürchterlich kitschig, meint der Broker.

Mag sein, sagt der Fremde, für mich ist es die Wahrheit, so sehe ich unser Leben und die Welt.

Dann sind Sie ein Träumer, räuspert sich der Broker.

Immer gerne, aber vielleicht nur in Ihren Augen, entgegnet der Fremde. Doch was, wenn es stimmt, was ich sage. Mir haben Billie Holidays Haltung und Handeln Mut gemacht. Ganz greifbar. Und es hat Auswirkungen auf mein Leben und meine Entscheidungen. Halten Sie Billie Holidays Handeln für sinnlos oder vergeblich, weil es heute vielleicht nur noch eine Handvoll Menschen beeindruckt oder zum Nachdenken bringt. Was, wenn es nur ein einziger wäre?

Plötzlich steht eine rothaarige Frau neben den beiden Männern an der Theke und bestellt beim Barkeeper mit dunkler Stimme ein Glas Champagner.

Die beiden Männer verstummen.

Sie lächelt ihnen zu, hebt das Champagnerglas und grüßt mit einem Kopfnicken.

Auf hochhackigen Schuhen geht sie zu einem freien Tisch und setzt sich. Sie schaut zur Bühne, hört dem Pianisten zu.

Eine schöne Frau, bemerkt der Fremde leise, ihm zugewandt.

Wenn Sie meinen, antwortet der Broker achselzuckend.

Der Fremde blickt ihn verblüfft an. Aber sie ist doch wunderschön, finden Sie nicht. Und diese Ausstrahlung.

Frauen interessieren mich nicht sehr, erklärt der Broker, jedenfalls nicht auf erotische Weise. Und die Sache mit der Ausstrahlung passiert nur in Ihrem Kopf. Denn auf mich strahlt überhaupt nichts an ihr aus.

Der Fremde räuspert sich.

Sie dürfen gerne Ihr Glück versuchen, meint der Broker und deutet zu der Frau hinüber.

Du lieber Himmel, wo denken Sie hin, lacht der Fremde los, ich bin verheiratet. Außerdem bin ich wohl nicht ihre Kragenweite. Sie hätten da wohl bessere Chancen.

Kein Interesse, antwortet der Broker, wenn ich Bedarf habe, suche ich mir jemanden im Netz.

Im Internet? Sie suchen einen Partner im Internet, auf Dating-Portalen?

Aber ja, warum denn nicht, entgegnet der Broker kühl, man sucht, findet, chattet eine Weile oder auch länger, trifft sich gegebenenfalls. Entscheiden, ob daraus etwas wird, kann man dann noch immer. Ich bin viel unterwegs, ich wüsste nicht einmal, wo ich jemanden finden sollte. So ist es viel einfacher. Manchmal chattet man auch nur. Wenn man sich besser kennt, kann man telefonieren oder skypen. Die direkte Begegnung, das Werben, Hofieren, Schleimen, Lügen, Erobern, sich von der besten Seite zeigen, das alles stresst mich zu sehr. Wie ich schon sagte, Sex ist mir nicht so wichtig.

Aber im Internet jemanden suchen!, meint der Fremde geringschätzig.
Wissen Sie denn, wie viele Paare sich auf diese Weise finden, ich meine, statistisch?
Nein.
Sehen Sie, dann checken Sie erst einmal die Zahlen, bevor Sie urteilen.
Der Fremde räuspert sich nachdenklich.

Heutzutage beginnen bei Weitem mehr Beziehungen im Internet als etwa an Hotelbars, betont der Broker, das weiß ihre Dame dort drüben auch, sehen Sie?
Die Dame ist mit ihrem Smartphone beschäftigt, tippt, filmt den Pianisten, der es nicht bemerkt, und versinkt anschließend vollends in dem kleinen Display.

Vielleicht hat sie ihren Aufenthaltsort gepostet und wartet, ob jemand, der sich gerade in der Stadt aufhält, ihretwegen hier aufkreuzen wird.
Meinen Sie, staunt der Fremde.

Wir beide scheinen jedenfalls nicht in ihr Beute-schema zu passen – zum Glück, grinst der Bro-ker.
Der Fremde lächelt.
Ihr Pianist vielleicht.
Gerade filmt sie ihn erneut.
Wahrscheinlich ist er schon im Internet, erklärt der Broker, schauen Sie doch mal nach.
Ich habe kein Internet, erklärt der Fremde.
Wie, Sie haben kein Internet? Sie sind doch Journalist.

Ich habe mich entschieden, ohne Internet zu le-ben, erklärt der Fremde, sollte ich recherchie-ren müssen, gehe ich ins Internet-Café.
Der Broker lacht.
Das heißt, Sie wollen einen historischen Roman über Gandhi schreiben, indem Sie täglich im In-ternet Café hocken?
Nein, sagt der Fremde, was sollte ich auch schon Reelles über Gandhi oder das Indien zu seiner Zeit im Internet finden, betont der Fremde ver-ächtlich. Ich werde mir Bücher ausleihen und kaufen, und andere, verlässlichere Quellen nut-zen. Das Internet ist doch eine Dreckschleuder.
Eine Dreckschleuder?
Ja, außerdem zersetzt es unsere Gesellschaft, unseren Einzelhandel, unsere Städte, die ver-waisen, es zersetzt unsere Lebensweise, unser Denken. Es führt zu Vereinsamung, und letztlich auch zur Verdummung. Es macht ...

Jetzt machen Sie aber mal einen Punkt!, fällt der Broker ihm ins Wort. Das Internet ist da. Es hat und wird unsere Gesellschaft weiterhin verändern. Wie damals etwa das Telefon oder die Erfindung des Computers. Die Gesellschaften werden sich dem Internet anpassen müssen. Es nützt uns. Unterhält uns. Informiert uns. Den Dreck vom Sauberen zu unterscheiden ist nun mal die Aufgabe eines jeden Users.

Die aber die Wenigsten wahrnehmen, entgegnet der Fremde.

Das ist nicht die Schuld des Internets, betont der Broker.

Nein?, ruft der Fremde verärgert aus.

Der Barkeeper blickt vom anderen Ende der Theke zu ihnen herüber.

Nein, sagt der Broker, das Internet bedeutet Freiheit für sehr viele Menschen, freie Meinungsäußerung, es bedeutet freien Zugang zu Information.

Und zu Fake News, grinst der Fremde hämisch.

Informationen zu prüfen, liegt in der Verantwortung jedes ...

Users, ich weiß, zischt der Fremde.

Genau so ist es, ereifert sich der Broker, bei einem Auto machen Sie doch auch kein solches Theater. Nur weil manche Autofahrer nicht zu fahren wissen und auf der Autobahn andere abdrängen oder viel zu schnell viel zu dicht auffahren, da poltern Sie doch auch nicht gegen das

Autofahren an sich. Oder wollen Sie wegen diesen paar Arschlöchern das Autofahren im Allgemeinen reglementieren, oder gar verbieten?
Ich weiß nicht, ob man das so ...

Natürlich darf man das vergleichen, fährt der Broker fort. Oder nehmen Sie das Fernsehen. Der ganze Schund, der gezeigt wird. Die privaten Sender. In meinen Augen nichts als große Verdummungs-Anstalten. Wollen Sie die Verantwortlichen verantwortlich machen für die Tatsache, dass sie liefern, was verlangt wird, nur weil die Menschen ohne kritisches Hinterfragen oder weitreichendere Interessen glotzen wollen?
Vielleicht bringt man die Menschen dorthin, entgegnet der Fremde.
Der Broker lacht bitter auf und meint: Das ist humanistischer Scheiß! Dann verstummt er.

Aber Sie wollen mich an der Nase herumführen mit dieser Internetsache, oder?, bohrt er nach einer Weile ungläubig nach.
Aber nein, sagt der Fremde, ich meine es wirklich so. Wie kann man sich einem Medium anvertrauen, das es ermöglicht, Menschen, Kinder, Frauen zu kaufen, um sie sexuell zu missbrauchen oder gar zu töten. Ich werde das nicht tun.
Sie sprechen vom Darknet, meint der Broker.

Im Darknet trifft sich das Pack, sagt der Fremde. Ich verabscheue dieses Medium.

Mit dieser Einstellung sind Sie tatsächlich so etwas wie ein Neandertaler der Neuzeit, grinst der Broker kopfschüttelnd.
Das ist mir völlig egal, als was ich bezeichnet werde, ich habe meine Überzeugung.
Aber deshalb das Internet komplett zu verdammen, das wäre ja gleichbedeutend mit der – lassen Sie mich kurz nachdenken – mit der Haltung, das gesamte Christentum zu verdammen, nur weil es einige geile Priester gibt, die ihre Schützlinge sexuell missbrauchen.

Der Fremde grübelt, nach einer Weile sagt er: Das ist doch etwas völlig anderes, wie kommen Sie jetzt überhaupt darauf. Im einen Fall geht es um eine Weltanschauung, die nichts mit der menschlich abgründigen Handlungsweise einzelner zu tun hat, im anderen Fall um eine Plattform, die durch ihre Anonymität und Unzugänglichkeit tatsächlich weltweit freie Räume und Wege bietet, um Menschen zu Schaden oder gar zu töten.
Ein paar Wenige, wirft der Broker ein.

Aber hier geht es um etwas, das sich ändern ließe, überwachen, ausmerzen und verurteilen. Erzählen Sie mir doch nicht, dass es keine Wege und keine Handhabe gibt, die Verbrechen und die Gewalt im Darknet zu verfolgen und zu verurteilen, egal über welche und wie viele weltweite Server sich das Pack versteckt. Wenn man wollte, gäbe es Mittel und Wege. Aber offenbar will man nicht. Und wenn es tatsächlich so ist, dass Regierungen, Geheimdienste und Polizeiapparate nicht alles daran setzen, und ich meine, *Alles*, um die Verbrechen im Internet zu verfolgen und zur Anklage zu bringen, dann sind sie mitverantwortlich für das Leid, das dadurch entsteht.

Was mich am Internet wirklich stört, meint der Broker, sind diese Shitstorm-Feiglinge, die nicht die Eier haben, offen ihre Meinung zu sagen, ihren Namen darunter zu setzen und sich somit einer wirklichen Diskussion stellen. Stattdessen kommen sie über nicht nachvollziehbare Hintertüren ins Netz und verstecken sich schäbig hinter Pseudonymen, um ihren Dreck loszuwerden – das ist billig! Sagen Sie, was spielt der Kerl eigentlich gerade? Er deutet zum Pianisten.
Der Fremde guckt ihn verwundert an, horcht hinüber zum Klavier und sagt leicht verwirrt: *Body And Soul*.
Wenn jetzt noch ein Porträt des Musikers dort hinten an der Wand hängt, dann habe ich eine Theorie, wirft der Broker ein.

Der Fremde blickt ihn entgeistert an, muss sich sammeln. Kurze Zeit später sagt er:
Ich dachte, ehrlich gesagt, auch schon daran, aber Sie haben wohl Recht, es hängt ein Porträt von Coleman Hawkins hinten an der Wand. Sehen Sie, der Typ mit dem Tenorsaxofon. Unvergleichlich, was er für dieses Instrument geleistet

hat. Er ist der König des Tenorsaxofons. Sein Solo über *Body And Soul* ging in die Jazzgeschichte ein. Er soll anscheinend kiloweise Bohnen verdrückt haben, deshalb war „Bean" sein Spitzname. Er wurde aber auch „The Hawk" genannt. Niemand hat mehr Saxofonisten beeinflusst als er. Gefällt Ihnen das Stück?

Ich habe kaum zugehört, gesteht der Broker.

Wenn Sie einmal Zeit haben, hören Sie sich die Version von „Bean" an. Und die gesungene Version von Billie Holiday. Wer das ist, wissen Sie ja jetzt, lächelt der Fremde.

Ja, die Dame mit dem überaus großen Mut, erläutert der Broker grinsend.

Es sieht tatsächlich so aus, als spiele der Mann am Klavier nur Titel der porträtierten Musiker an der Wand, meint der Fremde.

Nette Idee.

Möchten Sie mich vielleicht zu einem Drink einladen?, fragt die rothaarige Dame mit den hochhackigen Schuhen, die plötzlich neben dem Broker steht und ihn anlächelt.

Er gerät für einen Moment in Bedrängnis.

Der Fremde mustert abwechselnd ihn und die Dame.

Bedaure, räuspert er sich, aber ich möchte mich gerne mit diesem Herrn unterhalten, und ich will Sie auch nicht zu einem Drink einladen.

Nicht doch, gurrt die Dame, an einem solch schönen Abend.

Sie legt die beringte Hand auf seinen Unterarm.

Er betrachtet ihre Hand.

Ich wüsste nicht, warum dieser Abend schön sein sollte, entgegnet er ihr.

Sie runzelt die Stirn.

Vielleicht später, meint sie und wartet tatsächlich auf eine Antwort.

Sicherlich auch nicht später, sagt er und wendet sich von ihr ab.

Sie geht leise mit sich selbst redend an ihren Tisch zurück.

Das war nicht sehr höflich, erklärt der Fremde erschrocken, die Frau kann einem ja leid tun.

Das ist mir egal, murmelt der Broker, Sie können ihr ja einen Drink spendieren. Später klopft sie dann an Ihre Zimmertüre. Vielleicht macht Sie Ihnen einen guten Preis.

Sie denken, so eine ist sie? Das habe ich noch nie gemacht und werde es in meinem Alter sicherlich auch nicht anfangen, bemerkt der Fremde, außerdem bin ich verheiratet, wie ich Ihnen ja schon sagte.

Na und?

Das würde ich meiner Frau niemals antun.

Sie muss es ja nicht erfahren. Wenn Sie geschickt sind, wird ...

Niemals, unterbricht ihn der Fremde, ich könnte das nicht.

Na denn, cheers, prostet der Broker ihm zu.

Waltz For Debby

Hören Sie sich das an, strahlt der Fremde, das ist ihr Song.

Meiner?, fragt der Broker verwundert.

Nein, der meiner Tochter, meine ich, das ist *Waltz For Debby*.

Sie haben eine Tochter?

Deborah, sie lebt in Hamburg. Nach dem Studium ist sie dort geblieben. Leider. Aber was will man machen, aus Kindern werden Leute.

Die dann ihre eigenen Wege gehen, ergänzt der Broker, was für ein Glück.

Weshalb? Ich finde es schade, dass sie so weit weg ist. Wenigstens telefonieren wir ein Mal in der Woche.

War das Ihre Idee?, fragt der Broker.

Nein, ich hatte die Idee.

Das war meine Frage, bestätigt der Broker.

Ach so, entschuldigen Sie, sagt der Fremde lächelnd, im Moment schickt sie mir jeden Tag ein Foto meiner Enkelin. Mathilda. Die Kleine ist ein Wonneproppen.

War das auch Ihre Idee?

Der Fremde schaut ihn verwirrt an und fragt: Worauf wollen Sie hinaus?

Kinder wollen sich von ihren Eltern lösen, erklärt der Broker, es gibt doch nichts Schlimmeres als die ängstliche Fürsorge von Eltern. Noch dazu die verspätete Fürsorge von Eltern, die während der Kindheit ihrer Kinder alles falsch gemacht haben und im Alter von ihrem eigenen schlechten Gewissen verfolgt werden und nun gutmachen wollen, was nicht mehr gutzumachen ist.

Damit können Sie mich nicht meinen, sagt der Fremde.

Natürlich nicht, ich kenne Sie doch gar nicht.

Haben Sie das etwa erlebt?, fragt der Fremde.

So in etwa.

So schlimm?, nimmt der Fremde nach einer Weile unsicher den Faden wieder auf.

Der Broker verzieht sein Gesicht. Schlimmer, sagt er.

Das tut mir leid.

Schon gut, letztendlich habe ich es überlebt, wenn auch mit irreparablen Schäden. Er lacht kurz und trocken auf.

Der Fremde blickt ihn befremdlich an. Haben Sie noch Kontakt zu Ihren Eltern?

Nein.

Weshalb nicht?

Ich habe sie umgebracht.

Dem Fremden stockt der Atem. Er blickt ihn schockiert an.

Ich meine, im Geiste, wirft der Broker ein, ich habe mit ihnen gebrochen.

Sie sind ein erschreckend ungewöhnlicher Mann, sagt der Fremde.

Sehen Sie sich also lieber vor, lächelt er.

Ich denke, vor Ihnen braucht man keine Angst zu haben. Ich jedenfalls habe keine.

Wie kommen Sie darauf?, fragt der Broker neugierig.

Sie sind unter Ihrer rauen Schale nicht wie Sie vorgeben zu sein, meint der Fremde.

Ach, das haben Sie in dieser kurzen Zeit herausgefunden?

Ich glaube, ja.

Sie haben offensichtlich den falschen Beruf gewählt, höhnt der Broker. Das sagt meine Frau auch immer.

Der Fremde lacht, entschuldigt sich, erhebt sich von seinem Barhocker und schlurft etwas behäbig und ungelenk Richtung Toiletten.

Der Broker nippt an seinem Scotch.

Haben Sie Ihre Meinung geändert?, fragt die rothaarige Dame, die plötzlich wieder neben ihm steht.

Er fährt erschrocken herum.

Sie haben offenbar nicht kapiert, entgegnet er ihr.

Nicht, wenn ich nicht will, lächelt sie vielsagend.

Sparen Sie sich Ihr gekünsteltes Lächeln für den Pianisten auf, knurrt er, aber ich habe es mir nicht anders überlegt.

Sie sind ein ganz schöner Flegel, betont die Frau.

Er lächelt sie nur an.
Sie hätten einen schönen Abend haben können, meint sie, zu einem Lächeln zurückfindend.
Mein Bedürfnis nach schönen Abenden ist geringer als Sie annehmen, entgegnet er ihr.
Sie blickt ihn verächtlich an und stakst an ihren Tisch zurück.

Als der Fremde zurückkommt, grinst er über das ganze Gesicht, auf das Display seines Smartphones starrend.
Er hält es dem Broker entgegen. Sehen Sie, das ist sie, Mathilda!
Der Broker schaut sich das Foto an und lächelt zustimmend.
Ist das alles, ich meine, schauen Sie sich doch einmal dieses putzige Menschlein an.
Das habe ich gerade, bemerkt der Broker.
Und?

Was wollen Sie hören, Mr. Journalist, ein rotwangiges Baby erzeugt keine besonderen Gefühle in mir – außer vielleicht Mitleid.
Mitleid? Mit wem?
Mit allen Beteiligten.
Wovon reden Sie nur?, fragt der Fremde.

Wollen Sie etwa behaupten, es sei ein Glück für die Kleine, dass sie lebt? Nur, weil Sie ihr Großvater sind. Vielleicht wird sie kein sehr schönes Leben haben, wird überfahren, vergewaltigt, missbraucht, heiratet ein absolutes Arschloch und merkt es erst viel zu spät. Oder sie bekommt ein Kind, das mit fünf Jahren tödlich erkranken wird. Vielleicht kommt es aber auch schon mit einer todbringenden Krankheit zur Welt, vielleicht mit einem halben Herzen.

Schluss damit, fährt der Fremde dazwischen, mein Gott, was ist denn mit Ihnen los!
Der Broker wirft ihm einen Blick zu, worauf der Fremde verstummt.
Daraufhin verfallen beide in dumpfe Grübeleien.

Der Laden hat sich ganz schön gefüllt, bemerkt der Fremde irgendwann, sichtlich bemüht, das Gespräch auf moderate Weise wieder in Gang zu bringen.
Wie jeden Abend, sagt der Broker und nippt an seinem Glas. Haben Sie Ihre Enkelin denn schon besucht, fügt er nach einer Weile hinzu.
Erst ein Mal, kurz nach ihrer Geburt, offenbar erleichtert über den Fortgang der Unterhaltung, aber meine Frau und ich werden, sobald Mathilda ein Jahr alt ist, für eine Weile nach Hamburg ziehen und auf die Kleine aufpassen. Meine Tochter möchte so schnell wie möglich wieder in ihren Beruf zurück. Sie sagt, ihr sei es lieber, wenn meine Frau und ich auf Mathilda aufpassen, als wenn sie die Kleine in die Obhut einer

Tagesmutter oder in eine Kindertagesstätte gibt.
Was ist mit Mathildas Vater?

Der Fremde senkt die Stimme: Debbie kam schwanger von einem New York Aufenthalt zurück.
Um die Augen des Brokers spielt ein Lächeln.
Okay. Was arbeitet Ihre Tochter denn so Spannendes, dass sie es kaum erwarten kann, zurückzukehren in ihren Beruf und dabei die gemeinsame Zeit mit ihrem Kind opfert.
Ihr Beruf ist ihr eben sehr wichtig, sie arbeitet als Psychologin und Gutachterin, erklärt der Fremde, nicht ohne Stolz. Sie arbeitet mit Tätern, die wegen sexuellen Missbrauchs im Gefängnis waren oder noch sind.
Ich muss mal, sagt der Broker unvermittelt, erhebt sich und verlässt die Bar Richtung Toilette.

Ist Ihnen nicht gut?, fragt der Fremde, als der Broker nach einigen Minuten an die Bar zurückkommt.
Schon okay, bemerkt der Broker schniefend.
Der Fremde blickt ihn nachdenklich an, legt die Stirn in Falten.
Was schätzt Ihre Tochter denn an diesem Beruf?, fragt der Broker gereizt.
Sie sagt, dass sich sonst niemand diesen Menschen annehme und sie auch ein Recht auf ein Leben in der Gesellschaft hätten.
Der Broker lacht einen Moment bitter auf.

Sie hilft oder verhindert die Integration dieser Menschen, fährt der Fremde fort, meistens *hilft* sie jedoch dabei.

Das kann ich mir vorstellen, entgegnet der Broker bitter, mit aufgerissenen Augen.

Der Fremde schaut ihm unverhohlen ins Gesicht. Ist mit Ihnen wirklich alles in Ordnung?

Alles bestens, lacht der Broker überschwänglich, alles bestens. Er bestellt sich lauthals eine Cola.

Der Fremde zuckt zusammen, blickt ihn peinlich berührt an.

Positive Prognose, lacht der Broker laut, auf den elektrischen Stuhl würde ich einen überführten Kinderschänder schicken.

Bitte, murmelt der Fremde, bitte nicht so laut.

Sie dürfen jederzeit der Hotelhure dort drüben Gesellschaft leisten, entgegnet der Broker bissig.

Der Fremde überhört die Unhöflichkeit und sagt: Erlauben Sie mir die Frage, hier zögert er einen Moment, nehmen Sie etwas zu sich?

Hin und wieder, erwidert der Broker lächelnd, greift sich fahrig in die pomadisierten Haare und entgegnet: Die Dinge gelingen besser damit, der Abfuck ist dann nicht ganz so groß.

Ist das so?, bemerkt der Fremde naserümpfend.

Unbedingt!

Ich kann mir das nicht vorstellen.

Können Sie sich überhaupt irgendetwas außerhalb Ihrer Welt vorstellen?

Oh ja, das denke ich schon, vielleicht nicht Dinge, die Sie sich vorstellen können, aber das muss ja auch nicht sein, wo Sie ja schon das alleinige Anrecht darauf zu haben scheinen.

Eingeschnappt?, grinst der Broker, so schnell?

Ich glaube nicht, dass wir im Moment weiterreden sollten, tut mir leid, bemerkt der Fremde und wendet sich betont ab, um dem Pianisten zuzuhören.

Wenn Sie zuhause auch so sind, kann ich mir vorstellen, dass Sie nicht allzu viel zu melden haben, vielleicht sollten Sie Ihre Frau alleine nach Hamburg schicken.

Jetzt lassen Sie es aber mal gut sein, fährt ihn der Fremde genervt an, ich muss mir das nicht länger anhören.

Ach, kommen Sie, geben Sie nicht so schnell auf, Mann. Ihre Tochter scheint da wohl mehr Ehrgeiz zu haben.

Lassen Sie meine Tochter aus dem Spiel!

Jetzt wünschten Sie, Sie hätten mir nie von ihr erzählt, oder?

Ganz recht, das hätte ich tatsächlich nicht tun sollen.

Sieh mal an, vor ein paar Minuten haben Sie mir noch die Welt des Jazz erläutert, Ihre Familiengeheimnisse erzählt, das Foto Ihrer Enkelin unter die Nase gehalten. Und jetzt, wo ich ein wenig direkter werde, geben Sie die beleidigte Diva.

Sie sind ...

Ein Flegel?, grinst der Broker.

Mehr als das!, meint der Fremde, erhebt sich, winkt dem Barkeeper zu, kramt in seinen Taschen nach einem Geldschein, wirft ihn auf die Theke, wünscht noch einen schönen Abend und verlässt ohne sich umzublicken die Bar.

ZWEI

„Und wenn du arm bist,
wirst du schneller erwachsen"
Billie Holiday

So What

Vor wenigen Augenblicken verstummte das Klavier.

Als er hinüberblickt, erhebt sich der Pianist, drückt den Rücken durch, wiegt den Kopf von links nach rechts, fasst sich in den Nacken, massiert kurz eine offenbar schmerzende Stelle, verschränkt die Finger und drückt auch sie mitsamt den Handflächen von innen nach außen durch.
Rituale, flüstert der Broker vor sich hin.

Der Pianist kommt mit einem leeren Glas zur Theke, blickt sich unter den Gästen an den Tischen um, die ihrerseits keine Notiz von ihm nehmen und auch nach diesem Stück keinen Beifall spenden.
Nicht gerade kulturbeflissen, das Pack, wendet sich der Broker grinsend an ihn.
Der Pianist hält einen Moment inne, geht wortlos an ihm vorüber, zum anderen Ende der Theke.
Die rothaarige Frau lächelt dem Pianisten zu.
Er antwortet mit einem angedeuteten Kopfnicken.

Interessante Idee!, ruft der Broker ihm mit angehobenem Glas zu, Songs der antiquierten Gestalten an den Wänden zu spielen. Jetzt erhebt er seine Stimme noch. Leider höre ich sonst keinen Jazz, vermutlich wie diese Ignoranten hier. Er lacht über seinen eigenen Scherz, als er den Blick durch die Bar schweifen lässt.

Der Barkeeper wirft ihm einen tadelnden Blick zu. Er kommt herüber, sagt: Ich bitte Sie, in angemessener Lautstärke zu sprechen und niemanden zu beleidigen oder gegebenenfalls die Bar zu verlassen.
Der Broker starrt ihn an, sammelt sich, überlegt. Schon gut, sagt er, und trinkt seine Cola leer.

Der Pianist kehrt mit einem neuen Getränk zum Klavier zurück.
Die Dame mit den roten Haaren will sich erheben, das Wort an ihn richten, aber er wendet sich von ihr ab, beschleunigt sogar seine Schritte, als er an ihr vorüber geht.
Der Broker sieht es und lächelt.
Ohne aufzuschauen setzt sich der Pianist, lässt einen Moment die Hände über den Tasten schweben, bevor er die beiden Akkorde spielt, eine Pause lässt, und sie rhythmisch wiederholt. Aufhorchend sieht der Broker zur Bühne hinüber.

Das hat wohl Ihre Aufmerksamkeit geweckt, bemerkt die Stimme in seinem Rücken.

Er fährt herum.

Es tut mir leid, sagt der Fremde, ich habe über-
reagiert. Wenn es um meine Tochter geht, kann
ich manchmal aus der Haut fahren.

Der Broker denkt nach, lächelt zustimmend,
sagt: Na, dann setzen Sie sich mal wieder, ich
habe auch Ihren Platz frei gehalten.

Der Fremde setzt sich lächelnd und schwelgt:
Nun hör sich das einer an, der Mann spielt gerade eine hervorragende Improvisation über das
Trompetensolo von Miles Davis zu den Riffs der
linken Hand. Der Titel war ein Riesenerfolg damals, das ist *So What.*

Aha, sagt der Broker, klingt gar nicht wirklich
nach Jazz.

Deshalb wohl auch der große Erfolg des Stückes, meint der Fremde augenzwinkernd, Miles
Davis war ein großer Neuerer im Jazz, er hat
dreimal an einer Stiländerung im Jazz maß-
geblich mitgewirkt. Nun, vielleicht hat er sie
auch allein initiiert, fügt er euphorisch hinzu.

Genug vom Jazz, so interessant ist er nicht. Weshalb sind Sie zurückgekommen?

Wegen unseres Gesprächs, antwortet der Fremde eindringlich.

Der Broker zieht die Augenbrauen hoch, blickt
seinen Gesprächspartner fragend an. Was ist damit?

Es ist noch nicht zu Ende, sagt der Fremde.

Nicht?

Nein!
Wenn Sie meinen, lächelt der Broker.

Weshalb haben Sie vorhin so heftig reagiert?, fragt der Fremde, ich meine, Sie können doch nicht ernsthaft der Meinung sein, man müsse mit Pädophilen so verfahren.
Pädophile, braust der Broker hitzig auf, wenn ich das schon höre. Auch so eine Art Euphemismus – wir verstecken die Wahrheit hinter Fremdwörtern. Verpacken sie hübsch, verkleiden sie. Wussten Sie, dass Jungs, die in Mädchen verliebt sind, die gerade mal ein Jahr jünger sind als sie selbst, von anderen Jugendlichen scherzend als „Pädo" bezeichnet werden. Auch Lehrer werden spaßeshalber so genannt, wenn sie eine ihrer Schülerinnen überschwänglich loben oder ihr auf die Schulter klopfen. „Pädo". Das haben wir damit erreicht.

Das ist nun mal die Bezeichnung, und meinen Sie nicht, Sie biegen sich das ein wenig zurecht, wirft der Fremde ein.
Nein, Kinderschänder wäre die richtige Bezeichnung, entgegnet der Broker. Mit allen anderen dieser Fremdwörter ist es doch genau dasselbe. Scharia! Holocaust! Meinen Sie etwa, auch nur zwanzig Prozent der heutigen Jugendlichen kann sich unter dem Wort „Holocaust" noch etwas vorstellen, ganz zu schweigen davon, dass sie die genaue Bedeutung kennen. Völkermord.

Es ist Völkermord! Vertragen wir die Wahrheit so wenig?

Das kann ich nicht beurteilen, ich habe noch keine Statistik erhoben, oder gefälscht, grinst der Fremde, aber was ist mit dem Recht dieser Menschen, ebenfalls in unserer Gesellschaft leben zu dürfen?
Haben sie denn eines?
Natürlich.
Und wenn nun Ihre kleine Mathilda von einem Ihrer Pädophilen missbraucht würde?
Der Fremde räuspert sich, nimmt einen Schluck Cognac.
Und was, wenn sie dabei getötet würde?

Dann würde ich hoffen, dass ein Gericht die härteste Strafe verhängen würde, die es für dieses Verbrechen gibt, antwortet der Fremde.
Sie würden ihm nicht die Kehle durchschneiden wollen?
Du sollst nicht töten, sagt der Fremde.
Der Broker schaut ihn verblüfft an, fragt verständnislos: Und dann?
Dann würde die Person nach Verbüßung ihrer Haftstrafe wieder in die Gesellschaft entlassen, mit ganz bestimmten Auflagen und intensiver therapeutischer Betreuung.
Wissen Sie eigentlich, wie viele dieser Typen erneut straffällig werden?

Nein.

Ach ja, Statistiken sind nicht so Ihr Ding.

Zu unsicher, meint der Fremde.

Die Forderung eines ehemaligen deutschen Bundeskanzlers, solche Menschen für immer wegzusperren, wurde damals leider nicht aufgegriffen, bemerkt der Broker, das ist die Diktatur der Toleranz.

Das ist Humanismus, sagt der Fremde.

Der Broker ruft schroff den Barkeeper heran, bestellt zwei Sandwiches.

Auch für Sie?, fragt er den Fremden, der dankend ablehnt.

Das ist es doch, fährt der Broker fort, Dunkelziffern, lasche Rechtsprechung. Richter, Staatsanwälte oder Rechtsanwälte, die ebenfalls so veranlagt sind – pädophil.

Sehen Sie, und dann dieses verdammte Internet, braust der Fremde auf, oder auch das Darknet. Was soll uns ein Medium nützen, über welches, Menschen, Kinder, verkauft oder vor der Kamera vergewaltigt und gefoltert werden. Es ist nichts als ein Fluch.

Der Broker zuckt mit den Achseln.

Die Polizei, schimpft der Fremde, hat nicht die Mittel und das Personal, um die Internetkriminalität erfolgreich zu bekämpfen. Und Regierungen schauen dabei zu, nein, schauen weg! Das Internet ist ein Trojanisches Pferd. Ganze Gesellschaften werden daran zugrunde gehen, Städte verwaisen, Menschen vereinsamen, ach, was sage ich, verdummen. Anonymität, Verantwortungslosigkeit und Gewalt entstehen daraus!

Der Broker blickt enerviert zur Seite. Ich glaube, das sagten Sie schon. Aber bis dahin wird es mir hoffentlich weiterhin zu Diensten sein. Sie übertreiben übrigens maßlos, fügt er ein wenig überheblich hinzu.
Sie tun so, als ginge Sie das gar nichts an, erwidert der Fremde gereizt.
Ich verdiene einen Teil meines Lebensunterhalts damit, wie sehr viele andere übrigens auch, erklärt der Broker.
Und noch mehr kostet es weltweit das Leben oder die finanzielle Existenz sehr vieler Menschen.

Der Barkeeper serviert die Sandwiches.
Sie selbst haben vorhin die Todesstrafe für Kinderschänder verlangt, raunt der Fremde, nachdem der Barkeeper wieder verschwunden ist.
Habe ich?, fragt der Broker etwas verwirrt.
Der Fremde blickt ihn fragend an. Aus Ihnen soll einer schlau werden.
Das gelingt nicht einmal mir selbst, meint der Broker, doch eines ist sicher, wenn es nach mir ginge – ach, lassen wir das.
Der Fremde mustert ihn eingehend, sagt nach einer Weile: Was wäre dann?
Der Broker legt das Sandwich auf den Teller zurück, von dem er gerade abgebissen hat, und be-

schreibt an seinem Hals die Bewegung eines Messerschnittes von links nach rechts.

Haben Sie Geschwister?, fragt der Fremde nach einigen Augenblicken.
Nein.
Einzelkind – aha!
Und?
Nichts. Es ist nur ...
Was?, fragt der Broker ungeduldig.
Es ist nichts, schon gut, versichert der Fremde.
Kommen Sie, spucken Sie schon aus!
Nein, ich denke, wir sollten darüber nicht sprechen, es bringt Sie auf.
Na und!
Selbst wenn Sie es schaffen, sich nicht aufzuregen, denke ich, sollten wir nicht über dieses Thema sprechen.

Warum nicht, betont der Broker, keiner traut sich darüber zu sprechen, keiner wagt es. Ich weiß sehr wohl, worüber sie nicht sprechen wollen, aber eigentlich doch gerne sprechen würden. Es ist noch immer ein Tabu Thema, auch wenn sich jetzt scharenweise Schauspielerinnen outen und ihr Schweigen brechen. Vielleicht trauen sich einige der anderen auch im Windschatten dieser Bewegung zu reden. Viele werden es aber nicht tun. Den Opfern widmet man weit weniger Aufmerksamkeit und Fürsorge als den Tätern.
Der Fremde nickt zögerlich.

Die Kinder haben überhaupt keine Lobby, sie stehen völlig alleine und einsam, ereifert sich der Broker. Sie sind es doch, die Höllenqualen leiden. Ihr stilles Weinen wird nicht gehört. Oder ignoriert. Ihr Zerbrechen wird nicht einmal bemerkt. Nicht an den Schulen, nicht in den Elternhäusern, nicht in den Nachbarschaften, nicht in den Familien.

Keiner macht die Augen auf, sieht genau hin, hört genau zu. Niemand liest zwischen den Zeilen. Und schon gar niemand erkennt am Schweigen eines Kindes die Katastrophe, das Unrecht, obwohl es ein ganz bestimmtes Schweigen ist. Wussten Sie, dass es verschiedene Arten von Schweigen gibt? Weiß Ihre Tochter das vielleicht auch, fragen Sie doch einmal, verdammt!

Er hat aufgebracht die Stimme erhoben.
Beim letzten Satz ist sie ihm fast weggebrochen.
Seine Augen glänzen.
Er greift nach dem Cognacglas des Fremden und leert es in einem Zug.
Der Fremde beobachtet ihn schweigsam und ergriffen.

Sehen Sie, das meine ich, Schweigen, wohin man hört und sieht, nichts als Betroffenheit, Feigheit, Ignoranz.
Dann ist es doch umso besser, dass jetzt eine Veränderung durch die Gesellschaft geht, meinen Sie nicht?

Warum, weil sich ein paar Hundert Schauspielerinnen zu Wort melden, die sich um ihrer Karriere willen nach oben gefickt haben, oder nach oben gefickt wurden?

Nun hören Sie mal, diese Frauen wurden ausgenutzt, missbraucht!, empört sich der Fremde.

Schon, aber die meisten von ihnen wussten doch, worauf sie sich einlassen, haben diese Entscheidung getroffen, haben es aus einem bestimmten Grund zugelassen.

Wird es dadurch vielleicht besser?, entrüstet sich der Fremde.

Natürlich nicht, erwidert der Broker, aber sie waren Erwachsen, haben es für ihre Ziele, für ihre Karriere getan. Sie hätten Nein sagen können. Ein siebenjähriges Kind kann das nicht. Es weiß nicht einmal, warum es geschieht. Es denkt dabei sogar noch, etwas mit ihm selbst kann nicht stimmen. Natürlich bin ich dafür, dass diese Frauen und Männer heute gehört werden müssen, und die, die ihnen das angetan haben zur Rechenschaft gezogen werden, unbedingt und mit voller Härte, aber ich sehe darin trotz allem einen gewaltigen Unterschied zum jahrelangen Missbrauch und jahrelanger Vergewaltigung eines Kindes. Sie etwa nicht?

Den gibt es natürlich, lenkt der Fremde ein.

Wissen Sie, dass fast alle diese Kinder nie wirklich gehört werden? Dass sie ihr Leben lang schweigen, weil sie irgendwann geredet und

Hilfe gesucht haben, aber niemand sie ernst genommen hat? Dass sie auch später zu keinem Psychologen oder Therapeuten gehen, aus Furcht, aus Scham. Und die Täter nie zur Rechenschaft gezogen werden, für immer unerkannt bleiben, ohne Strafe ausgehen.
Meine Tochter hat mir davon berichtet, ja.

Dann sind Sie ja im Bilde. Im Übrigen wie auch die ganze Gesellschaft, nur interessiert es eben so gut wie keinen, wenn er nicht auf irgendeine Weise involviert ist. Und selbst dann verdrängt man nur zu gerne, schaut weg, kann es sich nicht vorstellen oder will sich nicht einmischen. Zur Hölle mit den Tätern und den Mitwissern. Zur Hölle mit den Schweigsamen und Feiglingen. Zur Hölle auch mit den Opfern, verflucht!
Der Broker erhebt sich bei dem letzten Wort von seinem Barhocker und verschwindet in Richtung Toilette.
Der Fremde schaut ihm besorgt nach.

Alles gut bei Ihnen?, fragt der Barkeeper den Fremden.
Ja – alles gut, beruhigt er den besorgt dreinblickenden Mann hinter der Bar, ich hätte gerne einen schwarzen Kaffee und für den Herrn auch einen.
Der Barkeeper nimmt mit einem angedeuteten Kopfnicken die Bestellung entgegen.

Und wissen Sie, plötzlich steht der Broker wieder neben ihm und redet aufgelöst auf ihn ein, am schlimmsten sind jene Mütter, die vom Missbrauch der Väter an den eigenen Kindern wissen, duldsam schweigen ohne sich einzumischen und am Ende ihren Töchtern oder Söhnen die Schuld dafür geben. Sie sind ...

Setzen Sie sich, sagt der Fremde beruhigend, ich habe Ihnen auch einen Kaffee bestellt, ich hoffe, das ist okay für Sie. Ich denke, diese Frauen schweigen aus Angst vor ihren Männern und ihre eigene Psyche sucht Strategien und Erklärungsmodelle, mit denen sie ihr Nichteingreifen rechtfertigen. Also, ihr eigenes Fehlverhalten entschuldigen – unterbewusst.

Hobbypsychologie, knurrt der Broker, Sie erwarten ja wohl nicht, dass ich für diese Frauen auch noch Verständnis aufbringe.
Ich erkläre es mir so, meint der Fremde unbeirrt, wie anders lässt sich ein solches Fehlverhalten von Müttern deuten, wenn nicht durch einen Bestechungstrick der eigenen Psyche, einen Betrug, ein Herausreden.
Als nächstes behaupten Sie noch, dass diese Frauen gar nichts dafür können. Alles tiefenpsychologische Ausweichmanöver. Er lacht bitter. Zur Hölle mit ihnen, faucht er, ihre Passivität ist der Raum, in dem der Missbrauch geschieht.

Darf ich Ihnen eine sehr persönliche Frage stellen?, beginnt der Fremde nach einer Zeit des
Schweigens.
Der Broker mustert ihn lange und eingehend,
sagt dann zögernd: Ja – ich bin ein Opfer!

West End Blues

Der Blick des Fremden flackert unruhig.
Er wirkt nachdenklich, unentschlossen. Was ist passiert – damals?, fragt er nach einer Weile, mit gesenkter Stimme.

Für einen Moment schließt der Broker die Augen und sammelt sich.
Meine Eltern gehörten Ende der 1980er Jahre zu den Ensembles der Musicals „Cats" und „Starlight Express", beginnt er, sie gaben mich zu meinem Onkel und meiner Tante in die Obhut. Die beiden waren kinderlos. Ich war sieben Jahre alt. Mein Onkel war der Bruder meiner Mutter. Meine Eltern besuchten mich ein Mal im Monat, manchmal dauerte es auch länger. Sie wechselten sich ab, beide zusammen besuchten mich eher selten. Meine Mutter spielte auch eine Zeitlang in London, so weit ich weiß. Ich musste die Schule wechseln, den Wohnort, verlor meine Freunde, tat mich schwer an der neuen Schule, in meinem neuen Leben.

Er strafft den Rücken, hebt die Schulterblätter, atmet tief ein.
Ungefähr nach einem halben Jahr kam mein Onkel zum ersten Mal nachts in mein Zimmer, als

ich schon schlief, ich erwachte von seiner Hand in meiner Schlafanzughose. Er steckte mir seinen Schwanz in den Mund, während er mir die Hoden quetschte. Er befahl mir leise zu sein. Er kam in meinem Mund und ich kotzte über die Bettdecke. Das passierte ungefähr drei oder vier Mal die Woche, fast zwei Jahre lang.

Der Fremde sucht seinen Blick.

Ich bin sicher, meine Tante wusste davon, zumindest ahnte sie etwas, aber sie hat immer geschwiegen, bis heute.
Wie schrecklich, sagt der Fremde, in einer Mischung aus Mitleid und Wut.
Ja – schrecklich, betont der Broker.
Und Ihre Eltern?
Wissen bis heute nichts davon.
Warum haben Sie nie mit ihnen darüber gesprochen, später vielleicht?

Der Broker wendet sich ihm schroff zu, blickt ihm direkt in die Augen. Sie überließen mich diesen Menschen, die ich kaum kannte, fährt er auf, wegen ihrer Karrieren, und sie haben nichts bemerkt, nichts vermutet, oder vielleicht doch, ich weiß es nicht. Jedenfalls haben sie mich dort gelassen, obwohl ich zunehmend kränkelte, schlechte Noten schrieb, erst durch Aggression und Prügeleien auffiel, Lehrer beleidigte, dann durch innere Isolation. Ich nahm ab, wurde mager, zog mich in mich selbst zurück. Es war offensichtlich, dass etwas nicht stimmte. Zur Hölle mit ihnen. Sie haben nie darauf reagiert.

Die Worte schweben wie schwarzer Dunst über den beiden.

Der Fremde neigt sich ein wenig zur Seite, näher an ihn heran, flüstert fast: Und Sie haben nie darüber gesprochen?
Nie! Mit niemandem! Er lächelt für einen Moment ein verzweifeltes, ein leeres Lächeln.
Der Fremde fischt ungeschickt eine Zigarette aus der Schachtel, die auf der Theke liegt, steckt sich die Zigarette schweigend an, nimmt einen tiefen Zug und sagt, während er den Rauch auf die andere Seite bläst: Dieser Mann gehört zur Verantwortung gezogen!

Er ist tot, entgegnet der Broker.
Der Fremde runzelt fragend die Stirn.
Krebs, sagt der Broker, und das ist gut so, denn sonst hätte ich ihn getötet und säße jetzt im Knast.
Aber Ihre Eltern..., beginnt der Fremde.
Der Broker klopft mit der Handfläche auf die Theke und bestellt mit gehobener Stimme beim Barkeeper, der gerade mit dem Herstellen von Eiswürfeln zu tun hat, ein Selterswasser.
Ein kleiner Richtungswechsel, sagt er, übrigens gefällt mir das Stück sehr gut. Er deutet mit dem Daumen über die Schulter zum Pianisten hinüber.

West End Blues, bemerkt der Fremde stockend, noch immer irritiert, Louis Armstrong, Sie kennen ihn vielleicht.

Wer kennt Louis Armstrong nicht, meint der Broker.

Ich denke, eine ganze Menge Leute kennen ihn nicht mehr. Ich bedaure zutiefst, dass ich niemals die Möglichkeit hatte, ihn live zu sehen. Das wäre einer von drei Wünschen an eine mir zugeteilte Fee.

Der Broker schaut ihn fragend an.

Einem Live Konzert von Louis Armstrong beiwohnen zu dürfen, erklärt der Fremde lächelnd und offenbar sichtlich erleichtert, dass das Gespräch nicht beim vorigen Thema verbleibt, ein Musikfilm aus den 1960er Jahren hat mich übrigens auf ihn gebracht.

Bei mir war es ein Lehrer, erklärt der Broker, er hat uns von Zeit zu Zeit im Musikunterricht Louis Armstrong vorgespielt. Der Anfang des Jazz, wie er immer betonte.

Na ja, vielleicht nicht gerade der Anfang, erklärt der Fremde, aber wohl doch der Beginn des Siegeszuges des Jazz. Dafür ist Armstrong verantwortlich. Außerdem gilt er als Erfinder des modernen Gesangs. Kein anderer Musiker hat das 20. Jahrhundert so geprägt wie er. Armstrongs Einfluss auf alle Nachfolgenden ist bemerkenswert. Hören Sie, er verschleppt gekonnt das Tempo, verschiebt ein wenig den Beat, verändert das Timing. Gefällt mir. Der Pianist weiß, was er tut.

Sie hören sich an wie mein Lehrer damals, lächelt der Broker.

Dann brachten Sie ihre Schulzeit gut zu Ende?, fragt der Fremde.

Mir ist irgendwann klargeworden, dass ich meine Ziele nur erreichen kann, wenn ich Vollgas gebe. Ein gutes Abitur war die Voraussetzung dafür. Da lebte ich längst wieder bei meinen Eltern. Ich entwickelte die notwendige Hartnäckigkeit, ja.

Und Broker war Ihr Berufswunsch?

Ich hatte keinen Berufswunsch. Ich wollte schnell und viel Geld verdienen. An der Börse erschien mir beides machbar.

Trotz ihres schlechten Rufes?

Das Image der Börse interessiert mich nicht. Sie ist die Drehscheibe der Welt. Man kann dort gutes Geld machen.

Und Geld verlieren.

Das ist das Risiko, meint der Broker, an der Börse ist es eben größer als in der Redaktion eines Jazz Magazins. Wenn man ihm nicht gewachsen ist, sollte man sich nicht dorthin wagen.

Und das schnelle Geld, kam es?

Der Broker bemerkt lächelnd: Nicht wie erhofft. Das eine oder andere kam mir dazwischen. Aber in ein, zwei Jahren bin ich soweit, dann habe ich genug, um auszusteigen.

Was haben Sie vor?

Ich haue ab und werde mein Geld für mich arbeiten lassen. Ich werde keinen verdammten Finger mehr rühren.

Wohin werden Sie gehen?

Portugal, ich habe schon ein Haus dort. Ich könnte jetzt schon gehen, aber dann müsste ich mich zu sehr disziplinieren für meinen Geschmack. Oder hin und wieder noch ein Geschäft abwickeln, aber das will ich nicht mehr.

Wie meinen Sie das?, hakt der Fremde nach.

Na hören Sie, das ist die Börse, es geht um Geschäfte, um Geld, viel Geld, und jeder will es haben, Sie verstehen – Moral oder Ethik spielen dort keine sehr große Rolle. Er lächelt kaum merkbar.

Ich kann nicht glauben, dass man diese Art Geschäfte nicht auch mit einer gewissen Ethik durchführen kann, betont der Fremde.

Das kann man schon, entgegnet der Broker, nur ist man dann in der Regel nicht ganz so erfolgreich. Und ich will erfolgreich sein.

Um jeden Preis etwa?

Ja, um jeden Preis. Es ist mir egal, wer dabei auf der Strecke bleibt. Ich mache meine Kunden und meine Geschäftspartner zufrieden, und ich mache mich zufrieden, das genügt mir. Irgendwelche Kleinbauern in Asien oder Zentralafrika interessieren mich nicht, sie müssen selbst ihre Probleme lösen. Ebenso wie all die geldgeilen Kleinanleger, die sich verspekulieren und ihr Geld verlieren.

Das Gesetz des Dschungels, bemerkt der Fremde protestierend, mir wäre das zu wenig, viel zu wenig.

So ist es nun mal, sagt der Broker verächtlich.

Muss es aber doch nicht sein, wir haben die Wahl, die haben wir übrigens immer, protestiert der Fremde.

Ich hatte damals keine Wahl, also kommen Sie mir nicht damit.

Das tut mir wirklich sehr leid, bemerkt der Fremde versöhnlich.

Oder denken Sie etwa, Kinder, die täglich zehn oder zwölf Stunden auf stinkenden, verseuchten Müllhalden nach verwertbarem Elektronikmüll herumstochern und an Verletzungen oder Vergiftungen sterben, haben eine Wahl, beginnt der Broker von neuem. Oder etwa kleine Mädchen, die zu Hunderttausenden an Bordelle oder Privatpersonen verkauft werden? Haben deren Eltern eine Wahl? Müssten sie ihr Kind verkaufen, wenn es genügend Arbeit gäbe? Oder gibt es vielleicht sogar Arbeit, doch der Preis, den sie für ein verkauftes Kind erzielen, erspart ihnen für eine bestimmte Zeit die Schufterei in miesen, schlecht bezahlten Jobs an dreckigen, verkommenen Orten.

Man müsste genau Hinsehen, die Gesellschaft und die Familienverhältnisse unter die Lupe nehmen, Abhilfen schaffen ...
Oder nehmen Sie die osteuropäischen Kinder, die auf unseren Straßen betteln, fällt der Broker ihm ins Wort, während ihre fett gefressenen Eltern zuhause vor der Glotze hängen und abends das Geld zählen. Haben diese Kinder etwa eine Wahl?
Nein. Aber deren Eltern, betont der Fremde, und sie muss man zur Verantwortung ziehen. Außerdem sprechen Sie Kulturen an, in denen ein Kind und Kinderseelen offenbar nicht so viel wert sind, wie ich meine.
Haben Sie da genau hingesehen?, fragt der Broker provokant.
Ich denke, ja.

Und Sie denken, ein solches Kind kann, wenn es Erwachsen ist, dieselben selbstbestimmten, ethischen und intellektuellen Entscheidungen treffen wie Sie?
Wer sagt Ihnen denn, dass ich nichts Traumatisches erlebt habe, aber ja, das würde ich meinen.
Der Broker blickt ihn herausfordernd an, wird laut: Ungeachtet seiner Herkunft, Kultur, und vor allem seiner persönlichen Geschichte und Erlebnisse in der Kindheit?

Ein Mensch mit traumatischen Erfahrungen aus der Kindheit hat es natürlich schwerer als ein Kind mit weniger schlimmen Erfahrungen, aber weshalb sollte man diese Menschen davon ausnehmen oder entschuldigen, auch an sie gilt der Anspruch der Menschlichkeit, der Nächstenliebe, wenn Sie so wollen. Vielleicht haben gerade sie ein noch viel stärkeres Motiv, anders, besser zu handeln, als sie es selbst erleben und erleiden mussten. Ist es denn zu entschuldigen, dass ein Mann, der als Kind von seinem alkoholkranken Vater ständig verprügelt wurde, nun selbst Vater, ebenfalls Alkoholiker wird und auch seine Kinder grün und blau schlägt? Gilt an diesen Menschen nicht erst recht der Anspruch, die eigenen Kinder vor solchem Leid zu schützen, das er selbst ja nur zu gut kennt?

Opfer, die Täter werden, das kennt man zur Genüge, bemerkt der Broker. Verständnis auch für sie! Das ist doch Ihr Humanismus, verständnisvoll bis zum Abwinken. Die Haftstrafen, die es für diese Verbrechen gibt, wenn es überhaupt so weit kommt, sind lächerlich. Ein erbärmliches Land.

Man will alle Seiten sehen, sagt der Fremde, die Psychologie weiß mittlerweile sehr viel um die Abgründigkeit menschlicher Bedürfnisse, um Verlangen und Süchte.

Die sogenannte Psychologie weiß einen Scheiß, ereifert sich der Broker, Medikamente, um ruhig zu stellen, die Menschen werden nur herunterreguliert, fragwürdige Analysen, fehlgeschlagene Therapieformen. Wenn Strafen gegen sexuellen Missbrauch erfolgen würden und diese härter wären, gäbe es vielleicht weniger, die ihrem krankhaften Verlangen nachgäben. Doch wenn es um Steuerverstöße geht, ist der Staat rigoros, da kann er ordentlich zupacken.

Ja, an dieser Stelle demonstriert man staatliche Macht, meint der Fremde zustimmend, verschenkt nicht einen Cent.
Verschenkt aber Steuergelder in Milliardenhöhe an Großunternehmer, um sie im Land zu halten, bemerkt der Broker. Genau diese Steuererlasse und Steuervergünstigungen sind verantwortlich für das finanzielle Ungleichgewicht im System, nicht etwa die Ausgaben im Gesundheitswesen.

Der Fremde scheint etwas irritiert über diesen Richtungswechsel. Das ganze System ist doch aus dem Gleichgewicht, wirft er ein, basiert nur auf Handel und Geld, die ganze Gesellschaft vollführt diesen Eiertanz, ein Heer von Marionetten und kaum einer bemerkt die Fäden, die ihn zum Zappeln bringen, weil sie unsichtbar sind.

Weil uns suggeriert wird, dass wir frei und unabhängig sind, betont der Broker, frei zu entscheiden, was wir kaufen wollen, wohin wir in Urlaub fliegen, wen wir lieben, mit wem wir später diesen Menschen betrügen, welche Versicherung wir abschließen, welches Finanzge-

schäft wir tätigen, welches (er stoppt abrupt) –
vergessen Sie es!
Das stimmt, ganz so frei, wie man uns vorgau-
kelt, sind wir tatsächlich nicht, nickt der Fremde
zustimmend.

Schauen Sie mich an, fährt der Broker fort, ich
kann meine Kunden auf eine Art manipulieren,
dass sie am Ende glauben, sie selbst hätten die
Entscheidung getroffen, dies ganz bestimmte
Geschäft zu machen und ihr Geld zu investieren.
Dabei hab ich sie einfach nur geschickt dorthin
gelotst. Überall nur List und Betrug. Banken, die
Werbebranche, Kreditinstitute, die Pharmain-
dustrie, sogar der Lebensmittelhandel, der vor
allem. Es ist erstaunlich, wie viel staatlich geför-
derte oder akzeptierte kriminelle Energie es in
diesem Land und auf der Welt gibt.

Darauf basiert alles, der Handel, alle westlichen
Gesellschaften, Kaufen und Verkaufen, Gewinn
und Wachstum, das ganze System, einfach alles.
Eine Schande ist das, sagt der Fremde, aber
auch nichts Neues mehr.

Wölfe und Lämmer, sagt der Broker.
Wie?
Wölfe und Lämmer, wiederholt er, jedes Land
wird von einem Rudel Wölfe in die Zange genommen. Die Menschen, mit ihrem herrlich
durchschaubaren Bedürfnis nach persönlichem

Frieden und Wohlstand – Schafe, die sich vor der freien Wildbahn fürchten.

Der Fremde mokiert: Ein bisschen vereinfacht dargestellt, finden Sie nicht, das ganze ist doch viel subtiler und vielschichtiger.
Im Grunde nicht.
Nicht? Und Sie? Wo sehen Sie sich?
Ich bin ein Wolf, sagt der Broker.

Mood Indigo

Wussten Sie, dass weltweit jährlich über zwei Millionen Kinder Opfer des internationalen Sexhandels werden?

Eine weitere Statistik?, entgegnet der Fremde abwesend, eine neue Zigarette aus der Schachtel kramend.

Der Broker greift nach dem Arm des Fremden, umklammert dessen Handgelenk, starrt ihn mit glühendem Blick an, zischt: Sie machen sich über mich lustig?

Der Fremde schaut erschrocken von der zupackenden Hand in die Augen des Brokers und wieder zurück. Tut mir leid, nein, das liegt mir fern, sagt er entschuldigend, es ist eine erschreckend große Zahl.

Und glauben Sie etwa, eine solche Zahl ließe sich erreichen ohne die stillschweigende Duldung von Regierungen und Polizeiapparaten?

Das weiß ich nicht, wirft der Fremde ein, wirklich nicht – ich denke, nicht.

Der Broker lockert den Griff.

Der Fremde zieht langsam seine Hand zurück.

Das ist ein Milliardengeschäft, erläutert der Broker, weltweit sollen damit über 100 Milliarden

Dollar verdient werden. Sie glauben doch nicht, dass die Leute, die damit reich werden, sich ihr Geschäft vermiesen lassen. Wen sie alles schmieren, wer für Geld wegschaut, wer und in welchem Ausmaß es duldet oder mitverdient, weiß niemand. Doch vielleicht weiß man es auch und duldet auch dies. Oder man wird selbst geschmiert, dafür, dass man wegschaut, wenn man beobachtet, dass weggeschaut wird. So werden Zweite, Dritte und Vierte geschmiert. Ich habe wirklich nie zu Verschwörungstheorien geneigt, sagt der Fremde und zieht geräuschvoll an seiner Zigarette.

Verschwörungstheorien!, braust der Broker auf, nun seien Sie bloß nicht so naiv! Oder ist das schon Ignoranz? Zwei Millionen Kinder! Können Sie sich diese Menge an Kindern überhaupt auf einem Haufen vorstellen. Oder als Menschenschlange von hier nach – nun, bis wohin ginge diese Menschenschlange wohl. Sie und Ihr Humanismus! Ihr ganzes Gutmenschentum kotzt mich an.
Er verlässt erneut fluchtartig die Bar.

Kaum zurück, entschuldigt sich der Broker flüchtig für seine Wortwahl, setzt sich wieder und lächelt, als wäre nichts gewesen. Ich glaube, wir haben ein paar Songs verpasst, bemerkt er, zum Pianisten deutend.

Das kann gut sein, meint der Fremde, seine Zigarette im Aschenbecher ausdrückend, das jedenfalls ist *Mood Indigo* von Duke Ellington.
Ellington?, meint der Broker, kommt mir bekannt vor.

Der größte Bandleader des Jazz, schwärmt der Fremde, und ein unglaublich einfallsreicher Komponist. Viele seiner Kompositionen wurden zu Jazz Standards. Von ihm stammt auch das Zitat, dass es kein Jazz ist, wenn es nicht swingt. Er hat daraus auch einen Song gemacht.
Und swingt er?
Und wie, grinst der Fremde.

Plötzlich erlöschen schlagartig alle Lichter in der Bar.
Die Damen im Raum erschrecken geräuschvoll.
Dunkelheit.
Der Pianist spielt noch ein paar Takte des Songs, hört jedoch abrupt auf, als er merkt, dass die Lichter nicht wieder angehen.
Hallo!, ruft er durch die Bar.

Der Barkeeper erhebt die Stimme, bittet die Gäste um Entschuldigung und Nachsicht und erklärt, dass es sicherlich gleich wieder Licht geben werde.
Er kramt in den Regalen herum.
Stimmengemurmel.
Der Barkeeper stellt eine Schachtel mit Kerzen auf die Theke.

Er zündet welche an, platziert sie auf der Theke und geht dann mit dem Karton von Tisch zu Tisch.

Bald flackert auf jedem Tisch Kerzenlicht.
Die Gäste in der Bar unterhalten sich gedämpft, haben ihre Stimmen offenbar der Dunkelheit und dem leisen Flackern des Kerzenlichtes angepasst.
Der Pianist beginnt zögerlich sein Spiel mit ersten hingetupften Noten.
Die Gespräche werden angeregter.
In der immensen Verglasung, die von der Decke bis zum Fußboden reicht, spiegelt sich das Kerzenlicht wider.

Draußen das tausendfache Glitzern der Stadt unter sternenklarem Nachthimmel.
Romantisch, nicht?, sagt der Fremde, und das mitten im Sommer.
Kerzenlicht erinnert mich immer an Weihnachten, bemerkt der Broker.
Ist das nun etwas Gutes oder Schlechtes?
In diesem Fall etwas Schlechtes.
Weshalb?

Wegen der künstlichen, gespielten Freude meiner Eltern, den aufgesetzten, maskenhaften Lächeln. Sie haben Familie inszeniert. Damals wusste ich noch nicht, dass sie sich gar nichts mehr zu sagen hatten. Ich habe nur gespürt, dass sie das, was sie sagten, nicht ernst meinten, erklärt der Broker.

Das ist bedauerlich.

War das bei Ihnen vielleicht anders?

Oh ja, mein Vater las jedes Jahr an Heilig Abend die Weihnachtsgeschichte aus der Bibel. Er glaubte daran. Zu essen gab es warmes Brot und heiße Kartoffeln. Ich denke, in Anlehnung an das spärliche Mahl von Josef und Maria in jener Nacht.

Wer es glaubt, meint der Broker lakonisch.

So ist es, ja. Es ist immer eine Sache des Glaubenkönnens.

Um den schmalen Mund des Brokers spielt ein geringschätziges Lächeln.

Ich weiß, was Sie denken, betont der Fremde.

So?

Ja!

Was denn?

Nichts, worüber wir jetzt reden sollten.

Nun lassen Sie schon hören.

Sie denken – totaler Quatsch, Seelenkrückstock für die Schwachen.

Das hätte ich nicht besser formulieren können, grinst der Broker.

Na klar, na klar, entgegnet der Fremde, und was, wenn es wahr ist?

Wahrheit!, fährt der Broker auf, bleiben Sie mir damit vom Leib, ich kann nicht behaupten, dass ich schon viel davon gefunden hätte. Und jedes

Mal, wenn ich ihr begegnet bin, hat sie sich schmerzlich oder grausam angefühlt. Und meistens verleitet sie die Menschen zum Lügen. Sie kann mich mal, die Wahrheit. Genauso wie das Leben. Und genauso wie dieser Scheiß Planet und die Menschen darauf.

Der Fremde murrt: Manchmal glaube ich, Sie wollen mich nur provozieren. Vielleicht macht es Ihnen ja Spaß, und Sie meinen es im Grunde gar nicht so.

Das könnte Ihnen so passen, knurrt der Broker, wissen Sie eigentlich, dass Billionen in sogenannten ETFs stecken, in börsengehandelten Fonds. Wie kann es also sein, dass es solche Ungleichheit in der Welt gibt, solche Armut, noch immer Hunger, solche Ungerechtigkeit? Was ist die Wahrheit hierbei?

Der Fremde blickt ihn verwirrt an, fragt: Was hat das nun damit wieder – ich verstehe Sie nicht! Haben Sie vorhin nicht selbst den wölfischen Individualismus proklamiert? Und damit den Kapitalismus?

Meine Entscheidung hierbei, die nur für mich gilt, hat damit nichts zu tun, entgegnet der Broker, ich sprach vom Ungleichgewicht in der Welt.

Zu dem Sie selbst nicht auch beitragen?, bemerkt der Fremde. Wissen Sie, der Mensch kann es vielleicht nicht besser, oder aber er will es vielleicht nicht anders. Vielleicht will er es gerade so, abgründig, unverbesserlich, starrsinnig. Ich denke, er hat verdient, was ihn erwartet.

Ist das jetzt so eine Art Prophetie?, räuspert sich der Broker abfällig.
Eher eine Art Genugtuung, sagt der Fremde, wenn auch nicht aus vollem Herzen. Zu viel läuft schief in der Welt, den Kindern wünscht man es eben besser, eine bessere Zukunft.
Es geht immer um die Kinder, so oder so, im Guten wie im Schlechten, entgegnet der Broker, nehmen Sie zum Beispiel den heutigen Tag, den 20. Juli, der Tag des „Deutschen Widerstandes" gegen Adolf Hitler und die Naziherrschaft. In der Schule hat man uns erzählt, welche Helden das waren, die Männer des 20. Juli 1944, Stauffenberg und seine Mitstreiter.
Was ist mit ihnen?, fragt der Fremde stirnrunzelnd.
Ich meine, das waren doch keine Helden, behauptet der Broker.

Der Fremde bemerkt irritiert: Ich verstehe nicht recht ...
Diese Bande von Generälen und Offizieren hat sich doch erst gegen Hitler gewendet, als feststand, dass der Krieg verloren gehen würde. Lange nach der Niederlage in Stalingrad. Auch die Judenfrage und das Morden in den KZs haben die Widerständler nicht interessiert. Und natürlich haben sie sich auch erst zu diesem Schritt entschlossen, nachdem die Alliierten

ihre Bereitschaft versichert hatten, nach Beseitigung Hitlers und des Nazi Regimes ihnen die neue Führung Deutschlands anzuvertrauen.

Sie haben ihr Leben dafür gelassen!
Risiko, antwortet der Broker. Und dann sind sie auch noch zu dämlich, eine anständige Bombe zu bauen, um den Scheißkerl zu erledigen. Geradezu lächerlich, mit welchem Bömbchen Stauffenberg in die Wolfsschanze zur Lagebesprechung gekommen ist. Ein Versager.
Ich bitte Sie!, fährt der Fremde auf.

Ach, kommen Sie, Sie tun ja gerade so, als ginge es hier um Grabschändung, poltert der Broker, diese Männer hatten vielleicht irgendwo das untergehende Deutschland vor Augen, aber wohl doch in erster Linie ihren eigenen persönlichen Untergang, sofern sie auf der Seite Hitlers geblieben wären, als Besiegte, denn die Niederlage stand nach Beurteilungen fähiger Militärstrategen zu diesem Zeitpunkt ja schon fest.
Der Fremde ist sichtlich gereizt. Wissen Sie eigentlich, wie viele noch in dieser Nacht erschossen wurden?

Auch das nur, weil sie für genau diesen Fall nicht richtig organisiert waren. Sie saßen ängstlich in ihren Löchern, anstatt trotz des misslungenen Attentats mit gnadenloser Härte vorzugehen und Hitlers Nazi Regierung abzusetzen, gegebenenfalls den einen oder anderen Minister

und SS-Größenwahnsinnigen zu liquidieren oder zumindest festzusetzen. Sie haben keine effizienten Vorkehrungen getroffen, das Militär auf ihre Seite zu bringen. Zumindest hätten sie gleichzeitig auch die SS-Führung ausschalten müssen, nicht nur Hitler. Denn die Waffen-SS war Hitlers blindwütige Gefolgschaft. Kampfhunde, zum Töten abgerichtet!
Der Fremde will etwas erwidern.

Ihren Befehlshaber hätte man zeitgleich aus dem Gefecht ziehen müssen, fährt der Broker, ihn übergehend, fort, ich glaube ohnehin, dass Himmler, sofern Deutschland als Sieger aus dem Weltkrieg hervorgegangen wäre, Hitler hätte umbringen lassen, um selbst an die Macht zu kommen. Alles in allem bin ich von diesen Widerstandskämpfern maßlos enttäuscht. In meinen Augen völlige Versager.

Das ist respektlos gegenüber diesen Männern, erwidert der Fremde, Sie beschmutzen deren Andenken.
Nun kommen Sie mal von Ihrem hohen Ross herunter, knurrt der Broker, immerhin posaune ich meine Meinung nicht durchs Netz.
Nein, lenkt der Fremde ein, so schätze ich Sie auch nicht ein. Ich glaube nicht, dass Sie zu den Menschen gehören, die ihre eigene Meinung für so wichtig halten, dass sie diese unbedingt ins Netz stellen müssen, noch dazu anonym und auf

unmöglich respektlose Weise. Ein sehr bedenkliches Phänomen unserer Zeit!

Das ist einfach meine Einschätzung, meint der Broker, dennoch finde ich es bedauerlich, dass es diesen Männern nicht gelungen ist, dem Schrecken ein Ende zu setzen, denn die Zahl der weiteren Toten dieses Weltkrieges ab dem 20. Juli 1944 bis Kriegsende ist erschreckend hoch.

Als Zeichen für die Nachwelt ..., will der Fremde beginnen.
Als Zeichen für die Nachwelt, fällt der Broker ihm ins Wort, wäre es bedeutsamer und sinnvoller, zum Beispiel die Geschwister Scholl angemessen zu ehren und ihnen ein adäquates Denkmal zu setzen oder Georg Elser, denn sie sind in meinen Augen wahre Widerständler. Ihnen hat man kein Amt im neuen Deutschland angeboten, ihnen ging es um ihre leidenden Mitmenschen weltweit, und um Deutschland. Sie sind in Vergessenheit geraten. Und wissen Sie, Stauffenberg hätte oft genug die Gelegenheit gehabt, Hitler in der Reichskanzlei mit seiner Pistole aus dem Weg zu räumen, Treffen gab es genügend, auch unter vier Augen. Jämmerlich, fügt er verächtlich hinzu.

Beide Männer starren sich einen Moment lang an.

Und was Ihr bedenkliches Phänomen betrifft, betont der Broker, das ist nun mal der Zustand der Gesellschaft. Durch die Möglichkeit der Anonymität im Internet besitzt eben jeder die Möglichkeit, seine Meinung zu äußern. Und fast alle tun es.

Das wahre Übel dabei ist, dass es auf solch respektlose, entwürdigende Weise geschieht, beklagt der Fremde.

Diese Leute waren schon immer so, sagt der Broker, man hat sie nur nicht bemerkt. Jetzt, durch das Internet, und vor allem durch die mögliche Anonymität, werden wir mit ihren Überzeugungen und ganz deutlich mit ihrem fehlenden Anstand konfrontiert. Und mit der Dummheit vieler.

Ich weiß nicht, ob man das so kategorisch beurteilen sollte, widerspricht der Fremde, und mit fehlendem Anstand allein lässt sich Hass und Hetze nicht erklären. Das Problem ist, glaube ich, vielschichtiger. Es ist doch wohl ein gesellschaftliches, soziales, wie auch politisches Problem.

Es ist einzig und allein ein menschliches, wirft der Broker ein.

Der Fremde mustert ihn.

Die Wenigsten taugen doch zu etwas, sagt der Broker, ichbezogen, gleichgültig, wenn es um andere Menschen geht, rücksichtslos, nur auf die eigenen Vorteile bedacht, von Überlebensin-stinkten geleitet, archaisch.

Der Fremde schaut ihn herausfordernd an und meint: Da wir stets von uns selbst ausgehen, denke ich, dass dies auch Ihr Selbstbild ist?

So ist es, sagt der Broker, vielleicht wären viele gerne wie ich, nur trauen sie es sich nicht zu, weil sie feige sind, an Konventionen gebunden, an ihre Ängste, ihre Bedürfnisse, absolut unfrei. Vielleicht sind diese Menschen auch einfach nur menschlich geblieben, bemerkt der Fremde.

Was genau ist denn *menschlich*?

Drei

„Das ist es, was Musik für mich ist – einfach eine Möglichkeit, unter vielen anderen, auszusprechen, dass wir in einer ungeheuren, herrlichen Welt leben, die uns geschenkt ist."
John Coltrane

Django

Was ist das, fragt der Broker, zum Pianisten deutend, eine Art Trauermarsch?
Das ist *Django*, erklärt der Fremde lächelnd, eine Komposition von John Lewis, dem Gründer des Modern Jazz Quartetts.
Django?

Eine Hommage an Django Reinhardt, erklärt der Fremde, ein großartiger Swing Gitarrist. Zigeunerswing wurde das in den 1930er Jahren genannt. Reinhardt wurde in Montmartre entdeckt. Er wuchs in einer Wagenburg auf und verlor bei einem Brand zwei Finger seiner linken Hand. Mit den drei verbliebenen Fingern entwickelte er eine besondere Grifftechnik. Er ist wahrscheinlich der erfolgreichste europäische Musiker der Jazzgeschichte. Doch obwohl er von Duke Ellington eingeladen wurde, blieb er in Amerika erfolglos.

Der Broker meint verächtlich: Das bleibst du dort auch, wenn du ihnen nicht gerade die Atombombe baust.
Da könnte etwas dran sein, stimmt der Fremde halbherzig zu.

Ist mir auch schleierhaft, ihn überhaupt haben zu wollen.

Was meinen Sie?

Erfolg, in den Vereinigten Staaten.

Weshalb?

Weil dieses Land und seine Kultur absolut fragwürdig sind.

Wegen ihres Präsidenten?

Wegen einfach allem. Dort herrscht eine regelrechte Unkultur. Europa könnte genauso gut auf dem Mond liegen, so wenig interessiert es die meisten US-Amerikaner. Und dabei haben fast alle europäische Wurzeln, sagt der Broker. Bis auf die Ureinwohner, fügt er grinsend hinzu.

Erfolg in den Vereinigten Staaten bedeutet eben, ein gemachter Mann zu sein, lächelt der Fremde. Der Broker schaut ihn zweifelnd an und meint: Wüsste nicht, was daran lustig wäre. Erfolg in den USA heißt doch, mehr noch als in Europa, sich nach einer bestimmten Meinung zu richten, Leuten nach dem Maul zu reden, zu tun, was man von dir verlangt. Und schauen Sie sich doch dieses Land einmal an – einen solchen Menschen zum Präsidenten zu wählen.

Ich denke, jedes demokratische Land hat den Präsidenten, den es verdient, meint der Fremde, sie haben ihn mehrheitlich gewählt.

Meinen Sie etwa, es ging bei der Wahl mit rechten Dingen zu?

Ich sagte Ihnen doch heute Abend schon, ich habe es nicht so mit Verschwörungstheorien, betont der Fremde. Seine Gegner hätten eben Sorge tragen müssen, dass es nicht so weit kommt.
Ist das jetzt nicht ein bisschen naiv?
Nein. Fakt ist, diese Gesellschaft hat diesen Präsidenten ermöglicht. Seine Gegner waren offensichtlich zu leise, zu brav, zu lasch, zu gutgläubig.

Wenigstens räumt er jetzt endlich mit diesem ganzen Nachkriegs-Unsinn auf, bemerkt der Broker beiläufig.
Wie meinen Sie das?
Der Broker starrt in die Kaffeetasse, scheint zu überlegen und sagt: Jede deutsche Regierung der Nachkriegszeit war doch eine Hure, die ihre Beine Richtung USA spreizte.

Das hatte Gründe, meint der Fremde, außerdem ist es ein herabwürdigendes und auch falsches Bild, finde ich. Ohne die Amerikaner wäre Deutschland heute nicht dieses Deutschland. Die Demokratie wurde von ihnen hier etabliert.
Aber doch nicht etwa aus humanistischen Gründen, so naiv können Sie nicht sein, das zu glauben.

Natürlich tue ich das nicht, widerspricht der Fremde, wo denken Sie hin, gewiss hatten die Amis ihre Gründe, und es sind wohl dieselben, die sie noch heute haben, wenn sie irgendwo

Kriege führen, um eine Demokratie in ihrem Sinne zu etablieren.

Oder Krieg schüren, ergänzt der Broker, zur Hölle mit all den Kriegstreibern, mit den Assads, Gaddafis, Idi Amins, den Maos, Stalins, Hitlers, Milosevics, Bushs, Obamas, Putins und Trumps dieser Welt. Ich hoffe, sie alle landen genau dort. Ist Ihnen schon einmal aufgefallen, dass diese Schweinehunde meistens uralt werden – im Gegensatz zu ihren Opfern. Ich frage mich ohnehin, wann der jetzige Präsident eine Kugel abbekommt, bei all dem Hass, den er auf sich zieht.

Das glaube ich nicht, bemerkt der Fremde, mit einem eher schmerzlichen Lächeln, Amerika erschießt nur seine guten Präsidenten.

Da ist was dran, schmunzelt der Broker.

Was meinten Sie nun damit, der amerikanische Präsident räume mit dem Nachkriegs-Unsinn auf?, hakt der Fremde nach.

Der Typ ist selbstverliebt, arrogant, menschenverachtend, haarsträubend, vielleicht sogar dumm auf eine perfide Weise, in jedem Fall aber gefährlich. Manche Bezeichnen ihn sogar als Psychopathen. Imponierend aber ist, dass er die alten Pakte nicht mehr will. Die Nachkriegs-Deals. Diese uralten Seilschaften, Abkommen, Verpflichtungen.

Politiker wie er, bringen eine neue Kälte in die Politik, klagt der Fremde, etwas Abgestumpftes, Rohes. Das ist nicht gut für die Weltpolitik. Und glauben Sie ja nicht, dass er keine Deals eingeht, dass er etwa nicht hinter dem Vorhang seine Spielchen spielt.

Zumindest heuchelt er nicht wie der letzte Präsident. Die USA haben noch nie so viele Drohneneinsätze geflogen wie unter seiner Amtszeit. Und hat er etwa den geringsten Erfolg für die afroamerikanische Bevölkerung errungen? Auch in Sachen Waffengesetz hat er nichts erreicht. Verdient heute das zehnfache mit hochbezahlten Vorträgen an Wirtschafts-Universitäten. Er hält einen Moment grübelnd inne, sagt, wie zu sich selbst: Oder war das noch mal einer vor ihm?

Der Vorgänger des Jetzigen hat es zumindest versucht, meint der Fremde.
Der Broker lacht. Sie können wohl gar nicht anders?
Was meinen Sie?
Als auch noch an dem größten Schurken ein gutes Haar finden.
Der Fremde schweigt.
Eine fürchterliche Eigenschaft, sagt der Broker, ich würde verrückt werden, wenn ich dieses dringende Bedürfnis hätte.
Ich lebe ganz gut damit. Vielleicht ..., will der Fremde beginnen, doch er bricht den Satz wieder ab.

Der Broker bemerkt es, lässt die Minute peinlicher Schweigsamkeit zwischen ihnen beiden bestehen. Wer *wie gut* lebt, und wodurch, sagt er gelassen, oder weshalb, das müssen Sie schon jedem selbst überlassen, am besten, ohne zu beurteilen, und schon gar nicht, indem Sie urteilen.

Tut mir leid, sagt der Fremde.

Schon gut, Menschen wie Sie meinen oft die richtige Lebensweise auch für ihre Mitmenschen gefunden zu haben, und meistens ist es ihre eigene, die sie auch für alle anderen für die Beste halten. Er lächelt herablassend zu seinen Worten.

Der Fremde steckt sich schweigend eine neue Zigarette an.

Drüben, an der immensen Fensterfront, rinnen dicke Regentropfen hinab.

Ein Sommergewitter, deshalb wohl auch der Stromausfall vorhin, wann hat es eigentlich zu regnen begonnen?, fragt der Fremde.

Der Broker zuckt mit den Achseln: Spielt es eine Rolle?

Der Pianist geht an ihnen vorbei Richtung Toilette, wirft ihnen einen kurzen Blick zu.

Haben Sie etwa gehört, dass er zu spielen aufgehört hat?, fragt der Fremde lächelnd.

Der Broker schüttelt verneinend den Kopf.

Als der Pianist zurückkommt, hält er bei den beiden Männern an der Theke, neigt sich dem Broker zu und fragt leise, ob er anschließend noch Lust auf einen Drink habe, so gegen Mitternacht.

Der Broker hebt leicht die Augenbraue, lächelt unmerklich und bejaht.

Ebenfalls lächelnd kehrt der Pianist zum Klavier zurück und beginnt, ein neues Stück zu spielen.

Was war das eben? Etwa ein Date?, fragt der Fremde konsterniert.

Wohl etwas in dieser Art, bestätigt der Broker lächelnd.

You Go To My Head

Erneut flackert die Deckenbeleuchtung in der Bar.
Die wenigen noch anwesenden Gäste schauen enerviert zur Decke.
Der Mann am Klavier spielt unbeirrt weiter.
Einen Moment später ist alles wieder, als ob nichts vorgefallen wäre.

Ein Sicherungsproblem?, rätselt der Fremde.
Hauptsache, der Aufzug bleibt nicht stecken, vor allem nicht unterwegs in mein Hotelzimmer, meint der Broker schulterzuckend.
Der Fremde pustet lächelnd Zigarettenqualm aus dem Mundwinkel.

Was ist denn so amüsant?, erkundigt sich der Broker, mit einer gewissen Vertraulichkeit, als er im Gesicht seines Gesprächspartners ein Schmunzeln entdeckt.
Ach, ich dachte eben nur an etwas Bestimmtes.
Das dachte ich mir schon, kommen Sie schon, lassen Sie mich mit schmunzeln.
Der Pianist, beginnt er zögernd, er spielt *You Go To My Head*.
Und?

Ich habe mir gerade überlegt, ob etwa Ihretwegen.

Wer weiß.

Frage mich, ob er sich noch immer an den Porträts an den Wänden orientiert, rätselt nach einer Weile der Fremde.

Ich werde ihn später fragen – vielleicht.

Der Fremde wirft ihm amüsiert einen vielsagenden Blick zu.

Mittlerweile hat sich die Bar geleert.

Die Pärchen sind auf ihre Zimmer verschwunden. Die Rothaarige ist abgezogen, ohne dass es einer der beiden bemerkt hätte. Zwei oder drei Anzugträger tippen abwesend auf ihren Smartphones herum, kontaktieren wen auch immer.

Die Grüppchen gedämpft sprechender Asiaten, die offenbar nur des Wodkas wegen die Tische an den Fenstern besetzt hatten, sind ebenfalls schon vor einer ganzen Weile geschlossen Richtung Ausgang mehr oder weniger gewankt.

Nur der andächtig lauschende junge Mann am ersten Tisch vor der Bühne harrt noch aus, scheint noch irgendetwas von diesem Abend zu erwarten.

Der Barkeeper kommt und fragt, ob die beiden Herren noch eine Lage Sandwiches haben möchten.

Gibt es denn auch noch etwas Deftigeres?, erkundigt sich der Fremde.

Da müsse er in der Küche nachfragen, sagt der Barkeeper und macht lächelnd kehrt.

Ich muss einen Bogen schlagen zu einer Ihrer Aussagen heute Abend, beginnt der Fremde, vertraulich an seinen Gesprächspartner gewandt.
Jederzeit, meint der Broker.
Ihre Meinung zu den deutschen Regierungen der Nachkriegszeit.
Was ist damit?
Ich möchte das so weder auf Brandt noch auf Schmidt beruhen lassen, bekräftigt der Fremde, das waren sozialdemokratische Regierungen und hervorragende Kanzler, die, wie ich meine, ihre politische Auffassung nicht an den Amerikanern orientiert haben.
Sind Sie Sozi?, grinst der Broker.

Der Fremde lacht. Schon immer gewesen, gesteht er. Aber das ändert nichts daran, dass diese beiden Politiker noch für etwas standen, unabhängig von US-amerikanischen Einflüssen.
Es interessiert mich nicht, wirklich, entgegnet der Broker, so früh nach dem Zweiten Weltkrieg, nach der etablierten Demokratie durch die Amis, kann ich mir kaum vorstellen, dass die Sozis nicht in die USA schielten. Zu schielen hatten. Wie auch die Regierungen davor, allen voran Adenauer.

Diesen Kanzlern haben wir es zu verdanken, dass Deutschland wieder Ansehen in der Welt gewonnen hat, aber vor allem wohl Willi Brandt und seinem Kniefall.

Eine denkwürdige Geste, ich weiß, betont der Broker – und medienwirksam.

Ich höre da einen gewissen Ton heraus, der mir nicht gefällt, sagt der Fremde.

Als nächstes wollen Sie mir noch erklären, Sie schätzen die schmutzigen außenpolitischen Deals Genschers von damals, grinst der Broker.

Nun hören Sie mal, er hat Deutschlands Ansehen in der Welt verbessert.

Er hat getan, was man von ihm verlangt oder erwartet hat.

Da sind Sie nicht richtig informiert!

Politik ist doch zur Hälfte nur Effekthascherei und Täuschung, schimpft der Broker.

Und zur anderen?

Ein brodelnder, übler Cocktail aus Wahrheit und Lüge. Niemals würde ich einem Politiker vertrauen, niemals.

Nicht *einem*?

Nein – oder doch, warten Sie, vielleicht doch einem. Ja, einem Einzigen, beteuert der Broker.

Ich bin gespannt, sagt der Fremde.

Der Barkeeper kommt zurück. Mit leeren Händen. Bedauere, sagt er, aber die Hotelküche ist schon kalt. Alles, was ich Ihnen noch anbieten kann, sind Chips und gesalzene Nüsse.

Her damit!, lächelt der Fremde.

Der Barkeeper füllt verschiedene Schälchen mit Kartoffelchips und Nüssen.

Beide greifen sofort zu, knabbern drauflos.

Nun?, fragt der Fremde.

Was?

Der einzige Politiker, dem Sie vertrauen würden?

Ach so – Nelson Mandela.

Mandela? Wissen Sie eigentlich, wie viele Tote, wie viele Kämpfe und Auseinandersetzungen es vor und nach seiner Wahl gab?

Das spielt keine Rolle, meint der Broker, er ist eine schillernde Figur. Was er getan hat für Südafrika, vor allem aber für die Aussöhnung zwischen Weißen und Schwarzen, das ist beispiellos auf diesem Kontinent. In der Welt, möchte ich sagen.

Der Fremde erwidert: Sie erstaunen mich.

Weshalb?

Ich hätte Ihnen zugetraut, Ihre Wahl fiele auf Che Guevara.

Che Guevara, empört sich der Broker, Guevara ist doch nichts anderes als ein Mörder und Schlächter. Ich dachte, wir sprechen von Politikern.

Der Fremde lächelt abwesend, blickt Richtung Pianist und meint: Jetzt wird er charmant.

Stormy Weather

Der Broker schaut ihn fragend an.
Das Stück, das er spielt, lächelt der Fremde.
Was ist damit?

Stormy Weather, er meint vielleicht den Sturm, der draußen tobt, sehen Sie sich das einmal an, wie der Regen gegen die Fensterfront peitscht, oder aber er meint den Sturm des Herzens, den der Song auch meint. Er hat mitten im Stück eine Kadenz des vorigen Songs als Überleitung zu diesem benutzt. Großartig gemacht, eine Art Medley.
Klingt nach Soul oder Blues, konstatiert der Broker.
Ein famoser Song, schwelgt der Fremde, aber er spielt ihn auch mit sehr viel Gefühl.
Der Broker nickt.
Er lächelt Ihnen zu, wenn ich das gerade richtig sehe, sagt der Fremde, unangenehm berührt.

Der Broker wendet sich zur Bühne hin, hebt sein Glas, bemerkt, dass es leer ist und stellt es wieder auf die Theke zurück.
Er winkt den Barkeeper heran, bestellt eine neue Cola.
Der Fremde guckt ihn fragend an.

Ich muss wieder ein bisschen runterkommen, meint er grinsend, Cola und Kartoffelchips sind bestens dafür geeignet. Vielleicht reichen Sie mir eine Zigarette?

Gerne, bestätigt der Fremde und hält ihm die Schachtel hin.

Weshalb eigentlich Portugal?, fragt der Fremde unvermittelt, nach einiger Zeit.

Der Broker räuspert sich, hebt die Augenbrauen. Warum nicht Portugal.

Warum nicht Deutschland?

Deutschland!, hustet der Broker paffend, niemals.

Warum denn nicht?

Ich brauche das Meer, sagt er, noch immer hustend, verfluchte Zigarette!

Das gibt es in Deutschland auch.

Die Nordsee etwa, meint er höhnisch, dieses ewig verschwindende Gewässer, das ist doch mehr Watt als Meer.

Die Ostsee?, wirft der Fremde versöhnlich ein.

Das ganze Jahr Touristen, überfüllte Strände, Polohemd-Träger, lieber nicht. Außerdem habe ich dieses Land jetzt lange genug ertragen.

Man kann durchaus gut und sicher hier leben, meint der Fremde, es gibt eine Menge Vorzüge.

Welche denn, den Sozialstaat? Ist er denn noch so sozial, wie er sich verkaufen möchte?

Ich denke schon, nur ...

Und dann diese ganze geballte Spießbürgerlichkeit, übergeht ihn der Broker, das elende Beamtentum und seine Vorschriften, Regeln über Regeln, schauen Sie sich doch nur einmal den Straßenverkehr an, diesen grausamen Schilderwald, oder die Ampeln nach allen paar Metern. Er lacht bitter auf. Während man in anderen Ländern den Straßenverkehr mit Kreisverkehren fließen lässt, unterbricht man ihn hier ständig mit viel zu vielen Ampeln. Das ist überhaupt ein Sinnbild für alles. Woanders lässt man die Dinge fließen. Vieles regelt sich von selbst, wenn es im Fluss ist, in diesem Land unterbricht man jeglichen Fluss mit Regeln, Ampeln und Vorschriften.

Der Fremde lacht: Das ist jetzt aber nicht Ihr Ernst? Steht unten in der Tiefgarage etwa Ihr Porsche, mit dem Sie nicht so über Deutschlands Straßen rasen können, wie Sie gerne möchten?
Sie denken in Klischees, antwortet der Broker naserümpfend.
Ampeln, Vorschriften, Regeln, das ist die Kehrseite, ich weiß, bestätigt der Fremde. Aber Sicherheit und gute Versorgung sind nun mal wichtige Aspekte einer Gesellschaft. Dass Deutschland für so viele Exilanten das Ziel war und ist, spricht doch auch für dieses Land.

Ich glaube, dass wirtschaftliche Gründe dabei die größte Rolle spielen, konstatiert der Broker.

Das würde ich bestreiten, entgegnet der Fremde, Deutschland hat einen guten Ruf in der Welt. An dem die Radikalen von rechts ordentlich kratzen. Überhaupt dieses ganze politische links und rechts und mittendrin. Taxieren, Gewinn maximieren, Wohlstandsverwalten, zum Kotzen. Nichts als eine riesengroße Firma.
Genau das ist doch Politik, bestätigt der Fremde, und dürfte Ihnen auch gar nicht so fremd sein.

Politik?, giftet er den Fremden an, wissen Sie, was Politik tun sollte. Mittlerweile haben wir technische Geräte, um jeden Plastikmüll in den Weltmeeren aufzuspüren. Aber keiner tut es. Das müsste die Politik tun. Solche Beschlüsse fassen. Jedes Land der Erde, das für diesen Müll verantwortlich ist, sollte sich um den Müll in den Meeren kümmern. Kümmern müssen. Man könnte beschließen, gemeinsam beschließen, dass jedes Land Geld in einen Topf werfen müsste, aus dem man die Entfernung des Plastikmülls in den Meeren finanziert. Der Beitrag zu dieser „Entmüllung" sollte sich an den Mengen produzierten Mülls eines jeden Landes orientieren. Genau das müsste die Politik tun, Grundlagen schaffen.
Für?
Für die nächsten Generationen, und um Verantwortungsgefühl für das eigene Handeln und dessen Folgen unter Beweis zu stellen.

Der Fremde zieht genüsslich an seiner Zigarette, sagt: Ich bin erstaunt, Sie klingen plötzlich wie diese jungen Menschen, die Politiker zum Handeln zwingen wollen. Mit Demos und einerseits utopischen Wünschen und Vorstellungen, andererseits mit einem fehlenden Blick für die Komplexität des Weltgefüges.

Einen solchen Spruch hätte ich gerade von Ihnen nicht erwartet, knurrt der Broker. Damit wird auf jeder politischen Bühne ausgewichen und der Schwanz der Verantwortung eingezogen.

Ich verstehe Sie gerade nicht ganz, wirft der Fremde ein, ich dachte, der Planet liege Ihnen gar nicht am Herzen.

Der Broker starrt ihn feindselig an und poltert: Das tut er auch nicht, jedenfalls nicht im Sinne eines Natur- oder Klimaschützers. Ich wollte Ihnen nur meine Meinung zu einem höheren Sinn der Politik mitteilen. Und das Volk, das sogenannte Volk, interessiert sich nicht wirklich für den Klimaschutz, eine Handvoll, vielleicht. Das Volk interessiert sich auch nicht für den Müll in den Meeren, wählt noch immer die falschen Leute, oder wählt gar nicht.

Man kann sie nicht zwingen, meint der Fremde, vielleicht sollten *Sie* in die Politik wechseln.

Der Broker registriert die Worte des Anderen gar nicht mehr, redet ungehalten weiter: Den Leuten geht es nur um sich selbst. Sie bekommen jetzt von Kindern gezeigt, was sie selbst eigentlich tun müssten. Hocken stattdessen lieber vor ihren Computern und Laptops, lesen Fake News, prüfen sie nicht einmal, beteiligen sich am Schmierentheater von Hetze und Shitstorms. Er trinkt einen Schluck. Scheiße, hier käme jetzt ihr Che Guevara ins Spiel, fährt er fort, an dieser Stelle hat er revolutionäre Eier bewiesen und ein Ministeramt abgelehnt. Er ist lieber weitergezogen, hat sich in die nächste Revolution gestürzt – in seine letzte. Er drückt schlecht gelaunt die Zigarette im Aschenbecher aus.

Tun Sie es etwa?, fragt der Fremde herausfordernd.
Was?
Das Richtige?
Für mich, ja.
Meinen Sie?
Unbedingt.
Und die Allgemeinheit?
Die Allgemeinheit kann mich mal.
Und die nächste Generation?
Soll für sich selbst kämpfen.
Wie die Minenarbeiter in Afrika?
Ja, verdammt noch mal, ebenso wie die Reisbauern Chinas! Sie sollen sich erheben. Kämpfen. Sich wehren. Nicht länger erdulden. Ertragen kann der Mensch, das hat die Geschichte gelehrt, aber ...

Menschen unter Militärdiktaturen können sich nicht so einfach erheben, unterbricht ihn der Fremde, sie haben Angst. Ihnen droht Verfolgung, Folter und Tod. Sie brauchen Hilfe, Fürsprecher.

So haben sich die Amis überall auf der Welt eingeschlichen, als Fürsprecher, kritisiert der Broker, nachdem sie den Konflikt initiiert oder geschürt haben.

Sie machen es sich einfach, sagt der Fremde. Von einer deutschen Hotelbar aus ist das auch leicht zu sagen. Außerdem dürfen Sie einen wichtigen Aspekt, neben der Angst, nicht vergessen.

Jetzt bin ich aber mal gespannt. Der wäre?

Desillusionierung, sagt der Fremde.

Der Broker blickt ihn schweigend an.

Ernüchterung! Enttäuschung!, belehrt der Fremde ein wenig schulmeisterlich.

Natürlich weiß ich, was Desillusionierung bedeutet, verdammt.

Ich weiß nicht, ob Ihnen Wackersdorf oder Tschernobyl etwas sagen, beginnt der Fremde, ich war damals neunzehn Jahre alt, als ich per Anhalter nach Wackersdorf fuhr, um gegen ein geplantes Atomkraftwerk zu demonstrieren.

Sie machen Witze. Wackersdorf!

Natürlich nicht, entgegnet der Fremde, Tausende waren unterwegs, mit Plakaten, Transparenten, Liedern, Kerzen, Bannern, Hand in Hand marschiert, alles sollte friedlich bleiben. Der Wald platzte aus allen Nähten vor lauter Menschen, die ganze Oberpfalz platzte aus allen Nähten. Zuerst war alles großartig, erhebend, möchte ich sagen. Tausende mit einem einzigen Ziel, Atomkraft zu verhindern. Ich fühlte mich nie wieder derart – frei. Obwohl Stacheldrahtzäune und Polizei-Aufgebote uns umgaben. Er grinst wehmütig.

Wenn es nach uns gegangen wäre, wäre Deutschland kein Atomkraftland geworden, niemals, erzählt er weiter. Manche wollten alles dafür geben, alles riskieren. So etwas habe ich danach nie wieder erlebt. Keine solche Gemeinsamkeit und Verbundenheit, keine solche Opferbereitschaft und Verbissenheit, er hält einen Moment inne, dann kamen die Hubschrauber, griffen an: Wasserwerfer, berittene Polizei. Hundertschaften prügelten auf uns ein, wahllos, brutal, trieben uns durch den Wald.

Und, fragt der Broker, wie ging es für Sie aus? Ich konnte flüchten. Später hörte ich, dass es sogar Tote und sehr viele Verletzte am Zaun gegeben hat. Dann passierte das Unglück im Atomkraftwerk in Tschernobyl. Atomare Luft und saurer Regen zogen über Süd-Deutschland. Die Politiker logen uns die Hucke voll, sprachen es herunter. Wackersdorf wurde nicht gebaut, zehn Milliarden in den Sand gesetzt.

Hat offenbar nicht viel gebracht, ihre kleine Rebellion in der Oberpfalz, meint der Broker, wenn man sich die Zahl der Atomkraftwerke in Deutschland betrachtet.

Das wollte ich sagen, bestätigt der Fremde, die Atomkraft kam, überall.

Und mit ihr die Desillusionierung, bemerkt der Broker.

In gewisser Weise, ja.

Nichts geblieben vom alten Kampfgeist?

Nein. Bei keinem, bemerkt der Fremde ernüchtert, Revoluzzer, die in jenem Jahrzehnt Steine geworfen haben oder noch Schlimmeres, wurden später Außenminister und Kanzler.

Wohlstands-Verwalter, grinst der Broker.

Ich finde das nicht wirklich lustig, bemerkt der Fremde.

Ich schon.

Aber Sie haben etwas versucht, damals. Nehmen Sie die Wirtschafts-Flüchtlinge heute, fährt der Broker fort, fliehen nur des Geldes wegen aus ihren Ländern.

Kann man es ihnen verdenken, entgegnet der Fremde.

Das ist eine schäbige Mentalität, fährt der Broker auf, wenn die wirtschaftlichen Bedingungen oder soziale Strukturen in meinem Land miserabel und untragbar sind, dann versuche ich, sie zu verbessern, mit meinen eigenen Ideen und Händen, mit meiner eigenen Kraft. Und ich fliehe nicht ins Schlaraffenland nach Europa. Oder wie die Mexikaner in die Vereinigten Staaten.

Eine menschliche Reaktion, wirft der Fremde ein, Überlebensinstinkt.

Der Broker murrt: Wir sind doch keine Urzeitmenschen oder Völkerwanderer mehr. Auf diese Weise wird Europa kollabieren.

Das ist Sache der Politik, meint der Fremde.

Überhaupt, Wirtschaftsflüchtlinge, wenn ich das schon höre, nimmt der Broker von neuem den Faden auf, wenn es in meinem Dorf keinen Kindergarten und kein Krankenhaus gibt, dann reiße ich den verantwortlichen Politikern den Arsch auf oder ich baue mit vielen anderen Leidensgenossen eben selber ein Krankenhaus und einen Kindergarten. Ich baue mein Dorf, meine Stadt, selbst wieder auf, gehe, wenn es sein muss, eben auch selbst in die Politik, und versuche zu verändern, zu verbessern. Ich renne nicht davon und schöpfe irgendwo anders ein wenig Rahm ab, wo ich zudem immer Ausländer bin, nicht gern gesehen, fremd, nur geduldet, vielleicht sogar gehasst. Nein, ich bleibe und versuche etwas Neues, etwas Besseres zu schaffen.

Also, auch keine Entwicklungshilfe mehr, nehme ich an, wenn man diesen Faden weiterspinnt? Der Fremde hat seine Stimme erhoben, drückt seine Missbilligung aus.

Nein, auf keinen Fall, behauptet der Broker, diese Millionen und Milliarden verschwinden nur. Die Bevölkerung sieht nichts davon. Schauen Sie sich Afrika an, seit Jahrzehnten fließen Gelder dorthin und nichts ändert sich, weil die reichen Clans und Machthaber nichts nach unten verteilen. Diktatoren. Kartelle. Warum werden so viele von den Amis oder der internationalen Staatengemeinschaft nicht geächtet oder mit Boykotten und Embargos belegt? (Er wartet keine Antwort ab.) Weil sie weiterhin als gute Geschäftspartner gebraucht werden, daran sind alle westlichen Regierungen beteiligt. Auch die unsere. Und ich will gar nicht erst von deutschen Waffenverkäufen anfangen, mit denen in diesen Gebieten Kriege geführt werden. Nein, sage ich – keine Entwicklungshilfe mehr!

Sie wollen sie also verhungern lassen?, empört sich der Fremde.
Wir sprechen hier doch nicht von einer Milliarde Babys, die ohne die Muttermilch aus Europas Finanzbrüsten verhungern müssen. Wir sprechen von mündigen Erwachsenen, verantwortlich für ihr eigenes Leben, das ihrer Kinder und das ihres Landes. Wir sprechen von ganzen Gesellschaften, von Nationen. Man muss diesen Menschen klar machen, dass sie sich wehren müssen, und nicht warten, bis Hilfe von außen kommt. Sie müssen ihre Regierungen stürzen. Die Veränderung muss aus den Menschen, aus dem Volk kommen, von innen.

Ich bin nicht einverstanden, widerspricht der Fremde, Sie wollen zusehen, wie Menschen verelenden und verhungern?

Aber das geschieht doch jetzt auch, fährt der Broker ihn an, vor unseren Augen. Unter der Herrschaft ihrer Machthaber – unserer Geschäftspartner. In Afrika, im Nahen Osten. Mit unserer Duldung. Denn wir wollen uns doch die guten Geschäftsbeziehungen nicht gefährden oder gar entgehen lassen. Am Ende greifen die Amis den ganzen Markt ab, die durchgeknallten Briten oder die unersättlichen Franzosen. Scheiße, nein, natürlich die Russen.

Sein Rücken strafft sich. Haben ohnehin überall ihre verdammten Hände im Spiel, während in ihren Gefängnissen Intellektuelle, Schriftsteller und Journalisten gefoltert werden und sterben. Das müsste doch gerade Sie interessieren.

Und wie wollen Sie das alles verhindern?, fragt der Fremde beschwichtigend.

Durch Revolution, bellt der Broker.

Der Fremde kichert verhalten: Dafür ist wohl nicht der richtige Zeitpunkt, jedenfalls nicht im Westen.

Das weiß ich auch, bestätigt der Broker, deshalb ziehe ich meine persönlichen Schlüsse und handle.

Portugal?

Vielleicht.

Gibt es eine Alternative, einen Plan B?

Warten Sie es ab.

Sie machen mich neugierig.

Können Sie sich in Ihrem kleinbürgerlich deutschen Gehirn nichts anderes vorstellen als Flucht ins Ausland oder Flucht ins Private?

Der Fremde überlegt, sagt grinsend nach einer Weile mit gespielt erhobenem Zeigefinger: Che Guevara?

Vergessen Sie es, winkt der Broker mit einer Grimasse ab.

All Blues

Die Bar hat sich mittlerweile vollständig geleert. Auch der junge Mann am Tisch vor der Bühne muss irgendwann gegangen sein.

Der Fremde hat vor wenigen Augenblicken seine letzte Zigarette aus der Schachtel gefischt, kurz innegehalten und sie dem Broker angeboten.
Der hat lächelnd abgelehnt.

Das Unwetter ist weitergezogen.

Nur die beiden sitzen noch an der Theke.
Und der Mann am Klavier, versunken in einer neuen Melodie, vor seinen schwarzen und weißen Tasten.

Etwas Positives haben Hotelzimmer in dieser Höhe, sagt der Broker.
Der Fremde wirft ihm einen fragenden Blick zu.
Kein Vogelgezwitscher und Gurren von Tauben morgens um Fünf, sagt er grinsend.
Ich kann mir nichts Schöneres vorstellen, bemerkt der Fremde.
Morgens um Fünf? Sind Sie verrückt. Ich würde die Viecher am liebsten alle ausrotten.

Ich habe zum Glück einen guten Schlaf, erklärt der Fremde, aber wenn ich aufwache und die Vögel zwitschern höre, ist es wunderbare Musik für mich.

Das klingt kitschig.

Ist aber so. Ein Sommermorgen muss so beginnen. Dann eine Tasse Kaffee und die erste Zigarette. Aus dem Briefkasten die Zeitung, dann eine Stunde Ruhe. Ein Morgen ganz nach meinem Geschmack.

Und wie sieht das Ihre Frau, fragt der Broker beiläufig.

Das Gesicht des Fremden bleibt zuerst stehen, dann bröckelt es in sich zusammen.

Der Broker schaut ihn verwirrt an.

Ich muss Ihnen etwas gestehen, beginnt der Fremde.

Er hebt die Augenbrauen.

Meine Frau, sie ist – wie soll ich sagen – sie ist weggegangen.

Der Broker schaut ihm fragend auf den Mund, als ob die Antwort dort abzulesen wäre.

Wie, weggegangen?

Sie hat mich verlassen, murmelt der Fremde.

Weshalb? Das hat sich doch alles vorhin so wunderbar bei Ihnen angehört.

Alles Blues, sagt der Fremde, meine Ehe ist kaputt. Martha will nicht mehr mit mir zusammenleben. Sie ist nach Hamburg gezogen, in die Nähe unserer Tochter und Enkelin. Ich bin alleine.

Wenn Sie also wieder mal auf der Durchreise sind – mein Haus hat viele Türen.

Besten Dank, aber ich denke nicht, dass das nötig sein wird, räuspert sich der Broker.

Ich dachte nur ...

Weshalb haben Sie mich angelogen, wo Sie doch den ganzen Abend von Wahrhaftigkeit und Wahrheit reden?

Es tut mir leid, entschuldigt sich der Fremde, ich ..., ich schäme mich.

Es gibt nichts, wofür man sich schämen sollte, entgegnet der Broker.

Ich schäme mich aber für mein Scheitern, sagt der Fremde.

Geben Sie sich etwa die Schuld daran?

Im weitesten Sinne schon.

Warum?

Meine Frau war unglücklich, wie sie mir gestanden hat, schon seit Jahren. Ich wusste davon nichts. Sie macht mir zum Vorwurf, es nicht bemerkt zu haben.

Der Klassiker, grinst der Broker.

Ich bitte Sie! Sie kennen die Zusammenhänge nicht. Dreißig Jahre Ehe – weg!

Diese dreißig Jahre sind nicht weg. Sie werden sie immer als Erinnerung bei sich tragen. Und, wer weiß, vielleicht kommt sie ja zurück.

Nein! Sie will die Scheidung einreichen.

Das Beste für einen Neuanfang, meint der Broker.

Sie machen sich lustig über mich.

Würde ich niemals tun, meint der Broker schmunzelnd.

Die Gesichtszüge des Fremden entspannen sich, er sagt: Ich glaube Ihnen kein Wort.

Das wäre zu wenig, scherzt der Broker, nachdem wir so viel geredet haben.

Beide schmunzeln.

Ganz im Ernst, sagt der Broker, Sie besorgen sich jetzt Internet, lassen Ihrer Frau ein paar Wochen Ruhe und fangen dann an mit ihr zu skypen.

Ich und Internet, protestiert der Fremde. Ich tue mich schwer mit Veränderungen.

Versuchen Sie es!, sagt der Broker. Sie müssen ja nicht gleich Hassreden und Hetzen verfassen.

Der Fremde lächelt.

Spaß beiseite, das ist mein absoluter Ernst, fährt er fort, und unterstehen Sie sich, ihr jede Woche Blumen zu schicken. Tun Sie Dinge, die Sie bisher noch nie getan haben. Und – darf ich ehrlich sein?

Der Fremde schaut auf, sagt lächelnd: Sind Sie das nicht schon den ganzen Abend?

Kleiden Sie sich neu ein, sagt der Broker, Ihr Journalisten-Jackett aus den 1970er Jahren mit diesen braunen Leder-Flicken auf den Ellbogen ist eine Katastrophe.

Der Fremde betrachtet die Leder-Flicken und lacht los.

Am Klavier hebt der Pianist den Blick.

Der Broker nickt ihm lächelnd zu.

Wenn sie nicht zurückkommt, weiß ich nicht, was ich tun soll, betont der Fremde verzweifelt.

Dann müssen Sie ohne sie zurechtkommen, meint der Broker.

Ohne meine Frau bin ich ...

Stopp! Reden Sie nicht weiter! Der Broker hat abwehrend die Hand nach oben gerissen. Kein einziges Mal dürfen Sie dieses Wort aussprechen, lassen Sie es nie über Ihre Zunge kommen. Nie! Können Sie mir das versprechen?

Der Fremde erschrickt, denkt nach. Er denkt lange nach, sucht nach etwas in seinen Taschen.

Wo sind sie bloß, da muss doch noch irgendwo eine sein, murmelt er verärgert.

Am anderen Ende der Bar schaut aus den Augenwinkeln der Barkeeper herüber.

Der Broker bemerkt, dass er sich aufmerksam zu ihnen neigt und schmunzelt über diese Geste der Neugier.

Nun?, fragt der Broker.

Der Fremde hält inne und sagt: Nein, das kann ich nicht.

Dann werden Sie auch *nichts* ohne Ihre Frau sein, sagt der Broker.

Aber wie geht das?, fährt der Fremde auf.

Das kann ich Ihnen nicht sagen, ich bin kein Therapeut.

Wie haben *Sie* es geschafft?

Der Broker nippt an seiner Cola, scheint nachzudenken, ob er auf diese sehr persönliche Frage
antworten soll und murmelt dann ins Glas hinein: Wer sagt Ihnen denn, dass ich es geschafft
habe.

Sie wirken so, meint der Fremde.

Kann alles nur Schein sein, entgegnet der Broker, alles Blues. Ist es nicht so?

Sie machen einen starken und unabhängigen
Eindruck, bestätigt der Fremde.

Ich habe auch lange dafür gekämpft.

Wie denn?

Mit Hass.

Warum sollte ich meine Frau hassen?, empört
sich der Fremde.

Besser, als sich selbst zu hassen.

Sie haben ja eine merkwürdige Auffassung vom
Leben und dem Miteinander.

Miteinander? Ich denke, Ihre Frau hat Sie verlassen.

Ihr Humor ist nicht witzig, klagt der Fremde, ich
versuche, meine Frau zurückzugewinnen.

Tun Sie das.

Das werde ich. Und zwar ohne Hass.

Der Broker grinst.

Daran ist wirklich nichts lustig, ereifert sich der
Fremde.

Wissen Sie, manche Liebe geht, sagt der Broker,
man sollte sie dann nicht festhalten, daraus

wird meistens nichts. Überhaupt – nach dieser Zeit.

Was soll das nun schon wieder heißen?, braust der Fremde auf.

Ich weiß nicht, ob man nach dieser Zeit noch von Liebe sprechen kann. Man kennt sich eben, weiß, zu welcher Zeit das Bad oder die Toilette besetzt ist. Weiß, wann man in Deckung gehen muss und wann man Vorlaut sein kann. Kennt den Filmgeschmack des anderen, erträgt vielleicht auch seinen Musikgeschmack irgendwann. Wenn es gut läuft, kennt man auch die sexuellen Vorlieben, wobei es Ehepaare gibt, die genau das auch nach dreißig Ehejahren noch immer nicht tun, vor lauter Prüderie, Scham oder Angst. Oder man hat gar keinen Sex mehr. Man kennt die wunden Punkte, weiß sie zu umschiffen, oder eben im Streit mitten hineinzustechen. Man kennt die kleinen Haarbüschel im Ohr des Partners oder in seiner Nase. Erträgt dessen Fußgeruch. Weiß, wie er oder sie zu nehmen und zu manipulieren ist. Man weiß um die Schlupfwinkel und die Einfallstüren zum schlechten Gewissen des anderen. Ein unschätzbares Wissen auf dem Weg zu den eigenen Zielen. Vorlieben … Abneigungen … Lieblingsspeisen … Heimlich zu wissen, auf welchen Filmstar oder welchen Nachbarn er oder sie steht – das alles bezeichnen Sie als Liebe. Währenddessen nichts mehr brennt und die Betten nicht mehr zerwühlt sind, vor Verlangen: Das ist Langeweile und nicht Liebe.

Sie meinen wohl, Leidenschaft anstatt Liebe?

Sollte beides nicht dasselbe sein?

Nicht unbedingt, entgegnet der Fremde, Sie können die Dinge herrlich in einem schlechten Licht darstellen, es könnte einem glatt übel werden dabei. Und ich werde Ihnen jetzt auf keinen Fall den Gefallen tun, zehn äußerst positive Gegenbeispiele zu nennen, nur damit Sie anschließend mit ihrem Zynismus alles wieder zerhacken können. Vielleicht braucht meine Frau nur eine Art Ehe-Pause.

Und deshalb will sie die Scheidung einreichen?

Vielleicht eine Kurzschluss-Handlung?

Eine Kurzschluss-Handlung, nach dreißig Ehejahren?

Himmel, was ist los mit Ihnen, Ihr Pessimismus ist ja schockierend.

Würde mich eher als Realist bezeichnen, erklärt der Broker.

Mit dieser Haltung, niemals.

Ach, wissen Sie, vom Realisten zum Pessimisten ist der Sprung nicht so groß, grinst der Broker. Sollte Ihre Frau in Hamburg einen neuen Typen finden, erinnern Sie sich an meinen Vorschlag.

Ich versuche es zu vermeiden, knurrt der Fremde. Und jetzt würde ich gerne aufhören, über meine Frau zu sprechen.

Der Broker zuckt mit den Achseln.

Beide starren eine Weile vor sich hin, horchen vielleicht auf die Musik des Pianisten.

Bis der Fremde sich ihm wieder zuwendet: Darf ich Sie etwas fragen?

Nur zu, beteuert der Broker.

Denken Sie tatsächlich derart verächtlich, destruktiv und hasserfüllt oder wollen Sie mich nur verletzten?

Durchaus, betont der Broker.

Wie?

Das ist eine Sache des Blickwinkels, erklärt der Broker, Hass ist ein Motor. Ein Motor gegen das Vergessen. Ein Motor gegen die Gleichgültigkeit, gegen Schwäche und Niederlage. Ein Motor gegen die Selbstzerstörung. Hass hilft mir, jeden Tag den Kampf aufs Neue aufzunehmen. Ohne ihn wäre ich längst tot, hätte mich damals schon in Belfast zu Tode gesoffen oder später in Helsinki kaputt gespritzt. Jetzt gucken Sie nicht so schockiert, ja, ich hing an der Nadel. Aber irgendwann ist mir klar geworden, dass ich mich nicht selbst kaputtmachen wollte. Nicht wegen irgendeines anderen, niemals.

Den Kampf gegen wen oder was?, forscht der Fremde.

Gegen die Dämonen im Dunkeln, raunt der Broker. Oder gegen die Lebenden. Und die Toten, wenn ich es mir recht überlege. Und vielleicht auch gegen mich selbst.

Und heute?

Heute habe ich noch immer niemandem den Schädel eingeschlagen, hänge nicht mehr an der Nadel, sondern trinke hin und wieder an Hotelbars einen zu viel und rede stundenlang mit Unbekannten, erklärt er lächelnd.

Keine Überzeugungen?

Was wird das hier, ein Verhör oder nur ein Interview? Ich bin überzeugt, dass es nicht hilfreich ist, wenn man Überzeugungen hat. Sie liegen einem meistens im Weg, man stolpert, bricht sich etwas. Sie sind hinderlich in dieser Welt.

Kommt darauf an, was man erreichen will, sagt der Fremde.

Genau so ist es, und wofür man sich entscheidet. Nur, *entscheiden* sollte man sich. Nichts Schlimmeres, als ein Leben einfach so dahin gelebt, sich wie ein Blatt im Wind durchs Leben wehen zu lassen.

Das kann doch auch befreiend sein, meint der Fremde, man weiß nie, was als nächstes kommt und lässt sich treiben mit dem Fluss des Lebens.

Sind nicht *Sie* ein Verfechter des „Sich mit dem Fluss treiben lassen".

Der Broker lacht: Erwischt!

Könnte ich ein paar Zigaretten haben!, ruft der Fremde dem Barkeeper zu.

Der nickt, greift unter die Theke und bringt in einer kleinen Dose eine Handvoll Zigaretten daher.

Genau meine Marke, sehr aufmerksam, honoriert der Fremde augenzwinkernd.

Der Barkeeper lächelt.

Wenn Martha sehen würde, wie viel ich heute rauche, würde sie sofort Alarm schlagen.

Probleme?, fragt der Broker.

Das Herz, was sonst. Vier Wochen nach Marthas Auszug hatte ich einen kleinen Infarkt. Ist jetzt ein paar Monate her.

Der Broker mustert ihn und sagt: Vielleicht sollten wir unser ...

Alles gut, unterbricht ihn beschwichtigend der Fremde, es geht mir gut. Hab mich lange nicht so ... so ..., er sucht nach geeigneten Worten.

So frei gefühlt?, lächelt der Broker.

Genau!

Und Martha ist ja auch weit weg, wirft der Broker ein.

Zu weit!, klagt der Fremde. Und was, wenn sie sich in Hamburg tatsächlich neu verliebt? Er sagt es mehr zu sich selbst, als zu seinem Gesprächspartner.

Dann hat sich Marthas Liebe wohl einen neuen Weg gesucht und die Zeit Ihrer beider Liebe ist zu Ende. Und sie wird Sie bitten, dass sie Freunde bleiben mögen.

Der Klassiker, knurrt der Fremde.

Sie haben ja noch Ihr Buch über – wer war das noch gleich?

Gandhi!

Genau. Oder Sie beginnen zu malen, spöttelt der Broker.

Natürlich, ich sitze in meinem Atelier oder meiner Dachkammer und warte, bis irgendein schwerreicher Bankier oder Kunstsammler an meine Türe klopft und mir für ein paar Scheine ein Gemälde abpresst, weil ich gar nicht anders kann, als zu verkaufen.

Haben Sie das aus einem Roman?, lacht der Broker.

Ja, gesteht der Fremde, aber genau so lief es damals doch, und tut es vermutlich noch immer. Reiche Kunstsammler, Erpresser, Mäzenatentum, Diebe, mittellose Künstler, all das *eine* Soße.

Wovon reden Sie? fragt der Broker. Heute wird doch keine wirklich neue Kunst mehr gemacht, deshalb gelten doch die Gemälde früherer Künstler als famose Kapitalanlagen für Superreiche. Und vielen nicht einmal wegen ihres Kunstverständnisses oder ihrer Liebe zur Malerei. Heute experimentieren Künstler sehr gerne mit elektronischem Firlefanz. Fotografen werden Künstler genannt, Schauspieler, Dirigenten, Solisten, wie wir wissen.

Vielleicht sollte ich gar kein Buch über Gandhi schreiben, meint der Fremde.

Sondern?

Über gescheiterte Liebe!

Wenn es Ihnen hilft.

Autumn Leaves

Am Klavier tut sich schon wieder etwas.
Der Pianist improvisiert, spielt Kadenzen.
Der Fremde ist sichtlich verwirrt. Er lauscht ge-
spannt auf die Töne.
Dann öffnet sich sein Blick.
Das ist unser Lieblingslied, raunt er, unsere
Hochzeitsreise – Paris.
Der Broker sucht den Blick des Pianisten, der al-
lerdings mit geschlossenen Augen in diesen
Song hineintaucht.

In einem kleinen Künstlercafé auf Montmartre
haben wir zu diesem Stück getanzt, erzählt der
Fremde schwelgerisch mit schwerer Zunge, ein
Akkordeonspieler hat den Song vorgetragen.
Martha und ich sind einfach aufgestanden und
haben getanzt. Die Leute um uns haben gelä-
chelt. Mein Gott, ich war so glücklich.
War sie es auch?, fragt der Broker unvermittelt.

Der Fremde sinkt in sich zusammen. Nein, er ist
ein Kartenhaus, das zusammenfällt. Sie sind ein
gemeiner Kerl, wissen Sie das?, flüstert er, gefährlich leise.

Der Broker starrt ihn ein zwei Momente lang verdutzt an und meint dann in wiedergewonnener Gelassenheit: Ich glaube schon, ja.
Ich wusste, dass Sie das auch noch freut, schnauzt der Fremde, haben Sie wirklich keinen Respekt vor den Erinnerungen der Menschen, vor ihren Leben?
Der Broker schweigt.

Barmherzigkeit und Vergebung sind Ihnen wohl fremd. Sie tun mir leid! Wieso habe ich mir nur den ganzen Abend Ihren Ballast auf die Schultern geladen, beklagt sich der Fremde.
Niemand hat Sie dazu gezwungen.
Sie wissen nichts von Martha und mir, presst der Fremde hervor, überhaupt, was wissen Sie schon vom Leben zweier Menschen – von der Liebe. Mit Ihnen über Liebe und Vergebung zu sprechen ist die traurigste Angelegenheit, die man sich vorstellen kann. Das hätte noch mehr Sinn mit einer Schildkröte als mit Ihnen.

Der Barkeeper blickt besorgt, aber nicht ohne Routine und Erfahrung, zu den beiden Männern hin.
Ich denke, wir beenden dieses Gespräch, sagt der Broker gereizt, ist wohl besser, Sie gehen jetzt.

Das könnte Ihnen so passen, mich hier rauszuschmeißen? Der Fremde kann nicht mehr an sich halten, poltert los: Mit der gleichen Anmaßung, wie Sie über mein Leben und meine Ehe urteilen, wo ist Ihr Anstand!

Abgewöhnt, sagt der Broker.

Der Fremde greift nach dessen Arm und bellt: Jetzt hören Sie zu!

Schroff und ruckartig befreit sich der Broker vom Arm des Fremden, stößt ihn weg.

Hinten auf der Bühne spielt der Klavierspieler eine Nuance lauter.

Ich bitte Sie, mahnt der Barkeeper, der zu ihnen getreten ist.

Der Fremde stützt sich auf den Barhocker neben ihm, glotzt den Broker mit erschrockenem, zugleich wütendem, vom Alkohol trüben Blick an. Auf die Ermahnung des Barkeepers fährt er herum und schnauzt ihn an: Geben Sie mir die Rechnung!

Der Mann hinter der Theke übergeht die Unhöflichkeit gelassen und nickt.

Es war mir kein außerordentlich großes Vergnügen, Ihre Bekanntschaft zu machen!, fährt er den Broker an, fasst in die Innentasche seines Jacketts, will aufstehen, verliert das Gleichgewicht und kippt vom Barhocker. Er stürzt zu Boden, reißt seinen Barhocker mit und stößt beim Aufprall mit dem Kopf gegen die massive Sitzfläche.

Der Broker springt sofort auf, kniet sich neben ihn, spricht ihn an, doch er gibt keine Antwort.

Auf der Bühne verstummt schlagartig das Klavier. Der Pianist ist mit eiligen Schritten bei ihnen.

Der Barkeeper hat sofort nach dem Telefon gegriffen, entfernt sich ein paar Schritte, um den Notruf abzugeben.

Die Augen des Fremden sind geschlossen, sein Körper zuckt, die Hände zittern.

Die Zeit steht für einen Moment still.

Der Barkeeper kommt zurück und berichtet mit aufgeregter Stimme, dass der Notarzt unterwegs sei.

Atmet er noch?, fragt der Pianist schockiert.

Der Broker beugt sich über den Verletzten, hält sein Ohr nahe an den Mund des Mannes. Er schließt dabei konzentriert die Augen.

Die Muskeln seines Körpers spannen sich an, er richtet sich auf, legt die rechte Hand auf die Stirn des Mannes, mit der linken umgreift er dessen Kinn. Er überstreckt leicht den Kopf Richtung Nacken und wartet.

Verdammt, zischt er, komm schon!

Keine Regung.

Um Gottes willen, flüstert der Pianist vor sich hin.

Der Broker beugt sich tiefer, über das Gesicht des Fremden, legt den Mund auf dessen Nase und beatmet ihn.

Zehn Atemstöße.

Der Brustkorb des Mannes hebt und senkt sich leicht, synchron zu den Atemstößen.
Den ganzen Abend schwebten Klavierklänge durch die Bar, und die Stimmen der Gäste, jetzt ist nichts zu hören als das rhythmische Geräusch des Atems.

Komm schon! Komm schon!, presst er durch die Zähne, atme.

Er richtet sich wieder auf, rutscht auf den Knien näher zu dem Mann heran, sucht mit den Fingern nach der Stelle auf dem Brustkorb, legt, nachdem er sie gefunden hat, den Handballen der rechten Hand darauf, die linke Hand flach darüber und pumpt.

Der Pianist greift sich erschrocken an den Mund.

Der Barkeeper geht nervös auf und ab, tritt immer wieder an die Fensterfront, schaut suchend nach unten, unverständlich vor sich hin murmelnd.

Atemstöße.

Pumpen.
Immer wieder.

Der Broker reißt dem am Boden liegenden Mann die oberen Hemdknöpfe auf.
Komm schon, ruft er immer wieder, komm schon!

Abwechselnd massiert er das Herz des Mannes und beatmet ihn.
Aus den Augenwinkeln nimmt er einen Moment lang wahr, dass der Pianist, an die Theke gelehnt, auf dem Boden hockt, die Hände wie zum Gebet gefaltet, leise vor sich hin murmelt:
... und vergib uns unsere Schuld ...

Der Schweiß bricht ihm in Strömen aus, das Hemd am Rücken fühlt sich klatschnass an.
Auch von der Stirn rinnen Schweißtropfen, brennen in den Augen.
Mit dem Hemdsärmel wischt er sie ruckartig weg.
Er hört sein eigenes Keuchen, nimmt es wie einen Rhythmus wahr, unveränderlich, unaufhörlich.

... wie auch wir vergeben ...

Die Stimme des Pianisten.
Die Worte.
Der eigene Atem.
Das Heben und Absinken des Brustkorbes.

Die Unbedingtheit.

Die Angst.

Aus den Armen weicht die Kraft.
Seine eigene Stimme ruft: Lass ihn hier! Lass ihn hier!

Sie kommen!, ruft der Barkeeper von den Fenstern her. Sie kommen!

Solange wir Worte finden,
haben wir einen Weg.

Weitere Titel von Klaus Zeh

Prosa

Taxi *(Roman)*
Mozart oder der Fall des Harlekins *(Roman)*
Lisboa *(Roman)*
Trinity – Irische Begegnungen
(Kurzgeschichten)
Hey Tonight *(Erzählung)*

Lyrik

Die Leichtigkeit des Windes *(Ostsee-Gedichte)*
An Ufern aus Jade *(Bodensee-Gedichte)*
Pontoon – oder wann immer ich hier sein
werde *(Irland-Gedichte)*
Lichtinseln *(Gedichte)*